VERONICA COSSANTELI

DIE EIN-FINGER-VERSCHWÖRUNG

AUS DEM ENGLISCHEN VON ILSE ROTHFUSS

CHICKEN HOUSE

Für Daisy Kemp und ihre Besitzer, Graham und Jenny. Daisy, ein sehr charaktervoller Hund, war zuerst in diesem Buch, hat sich aber dann verabschiedet. Wahrscheinlich war sie nicht begeistert von den Dingen, die ihr im Gewächshaus beinahe zugestoßen wären. Sie wird aber wiederkommen.

Und ebenso in Erinnerung an den tapferen kleinen Beau (Lambkin-Wolfsfang), der ganz am Ende mit dem Schwanz gewedelt hat.

Außerdem für Chow Yeats-Brown – die richtige Art Tante –, die mir vor langer Zeit eine Schreibmaschine gegeben hat und mir sagte, ich könne Schriftstellerin werden. Chow, ich weiß, du hättest nichts dagegen, diese Widmung mit zwei Hunden zu teilen.

Und immer für Xander, der es geduldig erträgt, dass allmählich überall Madagaskar-Fauchschaben ins Spiel kommen.

Kapitel Eins

Es fing an wie ein ganz normaler, langweiliger Mittwochnachmittag.

Mittwochs ist Bio-Doppelstunde. Miss Drupe zeigte uns einen Film über Nahrungsketten, also kein besonders spannendes Thema. Dieses Algen-Grünzeug wurde von etwas Unsichtbarem namens Plankton gefressen. Das Plankton wurde von einem Fisch gefressen, der Fisch von einer Robbe, und die landete dann im Magen eines Hais.

Die Robbe hatte Schnurrhaare und große, runde Schokoladenaugen. Als der Hai sie schnappte, machten alle »Ooooh!« und »Auaaa!«, und Maisie Milligan fing an zu weinen. Um den Fisch oder das Plankton weinte niemand. Und die Algen? Vergiss es, so läuft das eben.

Pflanzen werden ständig gefressen. Und sie können sich noch nicht mal wehren, indem sie etwas anderes fressen, das noch tiefer in der Nahrungskette steht.

Zumindest glaubte ich das in diesem Moment.

»Und jetzt«, sagte Miss Drupe, als der Film vorbei war, »denkt ihr euch selber eine Nahrungskette aus und zeichnet sie in euer Heft.«

Ich zeichnete einen Grasfleck, dann eine Kuh. Ich bin kein großer Künstler, meine Kuh sah eher wie ein Labrador aus. Deshalb lieh ich mir Maisies rosa Gelstift und malte der Kuh ein Euter mit künstlichem Erdbeeraroma, damit sie etwas kuhähnlicher aussah. Wer oder was frisst Kühe? Ich zeichnete ein Strichmännchen. Und wer frisst Menschen? Ich kaute am Bleistiftende. Löwen? Tiger? Zombies? Tyrannosaurus Rex?

Als ich mich gerade für ein Krokodil entschieden hatte, das bekomme ich einigermaßen hin, und nach dem grünen Stift griff, ging die Tür des Klassenzimmers auf und Mr Stilton, der Schulleiter, platzte herein.

Mr Stilton hat ein Gesicht wie ein enttäuschtes Schaf. Er nickte Miss Drupe zu, dann musterte er uns alle über den Rand seiner Brille hinweg.

»Dandelion?«, sagte er. »Dandelion Bone?«

Ein paar Schüler kicherten. Wie immer. Ich schaute auf mein Bio-Buch hinunter.

»Dan?«, sagte Miss Drupe. »Der träumt mal wieder, fürchte ich. Dan?«

In unserer Klasse gibt es zwei Dans. Der eine ist Daniel Roberts. Im Gegensatz zu mir hat er keine Eltern, die ihm von vornherein sein Leben zerstört haben, indem sie ihn Dandelion – also Löwenzahn – nannten. Der andere bin ich.

Ich habe Dad mal gefragt, warum sie das gemacht haben.

»Na ja, Familientradition. Der älteste Sohn wird bei den Bones immer Dandelion genannt. Ich heiße ja auch Dandelion«, erklärte er. »Und es hat mir nie geschadet.«

»Im Ernst jetzt?« Ich glaubte ihm kein Wort. »Du willst mir doch nicht erzählen, dass du nie geärgert worden bist? Kein einziges Mal?«

»Na gut, ein bisschen vielleicht schon«, gab Dad zu. »Oder eigentlich ständig. Aber nicht nur wegen meinem Namen. Wegen allem ... du weißt schon, ich war der Klassennerd ... mit den ganzen Käfern und so.«

Und ob ich das wusste. Meine Eltern sind Entomologen, ein vornehmer Ausdruck für Insektenforscher. Also für Leute, die komplett auf Insekten abfahren. Käferfreaks. Für Mum und Dad gibt es nichts Wichtigeres auf der Welt, nicht mal ihre eigenen Kinder. Martha, meine kleine Schwester, hat sich mal beschwert, dass die parasitische Feigenwespe mehr Aufmerksamkeit von Mum und Dad bekäme als sie. Der Wurm ist noch ein Baby und checkt zum Glück nicht, dass er weniger zählt als eine Madagaskar-Fauchschabe. Ich bin der Älteste, hatte also am meisten Zeit, mich daran zu gewöhnen.

Meine Namensgleichheit mit Dad könnte ziemlich verwirrend sein, aber wir kamen zurecht. Wir hatten den Namen einfach unter uns aufgeteilt: Ich war Dan und er Lion. Mein Großvater war Del. Dan-Del-Lion. Obwohl Dads Drittel des Namens nicht wirklich zu ihm passt – er ist kein bisschen wie ein Löwe. Nerdbrille, Knubbelknie und Blumenkohl mit Käse als Lieblingsgericht – das ist mein Dad, wie er leibt und lebt. Aber er ist mein Dad. Und er ist okay. Mum auch.

Und deswegen war es echt ein Schock, als Mr Stilton mich in sein Büro schleppte und mir eröffnete, meine Eltern seien von Kannibalen gefressen worden.

Ich saß zum ersten Mal im Büro des Schulleiters. Dort landete man nur, wenn man entweder der totale Überflieger oder richtig schlecht war. Ich war keins von beidem. Ich war einfach nur ich. Das Büro war ein muffiger schlammbrauner Raum mit alten Schulfotos an den Wänden und einem riesigen Schreibtisch. Davor wartete Martha, wippte auf ihrem Stuhl und kaute Kaugummi. Sie trug einen Hexenhut aus schwarzem Papier und klebrigem Tesafilm. Die Viertklässler bereiteten sich gerade auf Halloween vor.

Mrs Butters war auch da. Sie ist die Assistenz-Lehrerin in Marthas Klasse und supernett, so jemand, der dir ein Pflaster gibt, wenn du hinfällst, auch wenn du gar nicht blutest. Martha sagt immer, sie lächelt zu viel – Martha ist sehr kritisch gegenüber anderen Leuten. Jetzt lächelte Mrs Butters allerdings nicht, sondern schnäuzte sich in ihr Papiertaschentuch.

»Setz dich, Dandelion«, sagte Mr Stilton.

Ich wartete darauf, dass er Martha das Schaukeln und Kaugummikauen verbieten würde – beides ist gegen die Schulregeln –, aber er sagte nichts. Martha wird fast nie angeschnauzt. Vielleicht weil sie so klein für ihr Alter ist und wie eine Meerkatze aussieht.

Mr Stilton setzte sich uns gegenüber. Er räusperte sich, strich ein paar Unterlagen glatt und sah mehr denn je wie ein Schaf aus. Ein Schaf, das gerade gecheckt hat, was ein Kebab ist. Draußen auf dem Spielplatz blaffte Mr Clench die Drittklässler an, sie sollten sich gefälligst für die Sportstunde aufstellen. Eine Fliege summte gegen das Fenster. An der Wand tickte eine Uhr … tickte die letzte Minute meines alten Lebens weg. So wie in den letzten elf Jahren würde es nie wieder sein.

Dann sagte Mr Stilton uns, was mit meinen Eltern passiert war. Und das mit den Kannibalen.

Lange Zeit sagte niemand etwas, wenn man Mrs Butters' Schniefen nicht mitrechnete. Ich hörte mein eigenes Herz schlagen, der ganze Rest von mir hatte aufgehört zu funktionieren. So als hätte mein Gehirn sich aufgehängt wie ein Computer.

Am Ende brach Martha das Schweigen. »Essen Kannibalen einen roh?«, fragte sie. »Oder gekocht?«

Alle starrten sie an. Mrs Butters machte ein Geräusch wie eine Katze, der jemand auf den Schwanz getreten ist.

»Was denn?«, knurrte Martha. »Das ist doch überhaupt nicht wahr!«

Mr Stilton räusperte sich wieder. »Doch, leider ... Ich fürchte, es gibt Beweise ... Wenn ich es richtig verstanden habe, waren deine Eltern auf einer Expedition tief im Regenwald und sie hatten sich offenbar viel weiter in den Dschungel hineingewagt als die meisten anderen vor ihnen ...«

»Sie sind ... also, sie *waren* auf der Suche nach dem Großen Rotgefleckten Gehörnten Riesen-Dungkäfer«, sagte ich mit einer seltsam wackligen Stimme. »Der ist sehr selten. Kein Mensch hat ihn in den letzten hundert Jahren gesehen.«

Mr Stilton raschelte mit seinen Papieren. »Deine Eltern wurden von ihren Guides getrennt, wie oder warum, weiß niemand. Natürlich wurden sie gesucht, von erfahrenen Fährtenlesern, die aber nichts finden konnten, nur ... das hier ...«

Er ließ etwas aus einem braunen Umschlag gleiten und schob es uns über den Schreibtisch zu. Ein Foto von einem Händchen haltenden Paar – oder vielmehr dem, was noch von ihnen übrig war, und das war nicht viel. Die Hände und ein Stück Unterarm, ungefähr bis zum Ellbogen. An der einen Hand war ein Männer-Ehering zu sehen und eine SpongeBob-Uhr, wie wir sie Dad zu Weihnachten geschenkt hatten. An der anderen konnte ich einen silbernen Ring mit einem winzigen blauen Skarabäus erkennen – so einen hatte Mum immer getragen ...

Mir wurde erst heiß, dann kalt. Und dann wurde mir ein bisschen schlecht. Martha hatte aufgehört zu kauen.

Mr Stilton hüstelte wieder auf seine unverwechselbare Art. »Die junge Dame, die sich um euch kümmert ...«

»Das ist keine junge Dame«, sagte Martha. »Das ist Caramel.«

»... also jedenfalls ist sie auf dem Weg hierher, um euch abzuholen. Ihr müsst eure Sachen zusammenpacken«, fuhr Mr Stilton fort, »da ihr höchstwahrscheinlich nicht an diese Schule zurückkommt. Ihr werdet von jetzt an bei eurer Tante und eurem Onkel leben.«

»Aber wir haben doch keine Tante und keinen Onkel«, wandte ich ein.

Mr Stilton runzelte die Stirn und schaute auf seine Papiere hinunter. »Aber hier steht es – Lady Grusilla Bone, Daundelyon Hall, Witches' Cross.«

»Ach so, die«, sagte ich. »Das ist keine richtige Tante. Eher so was wie eine *Groß*tante. Oder sogar *Urur*-Großtante. Wir haben sie noch nie gesehen.«

»Ich gehe auf keinen Fall zu Leuten, die ich noch nie gesehen habe«, fing Martha an. »Vielleicht kann ich diese Frau ja gar nicht leiden.«

»Oder sie uns«, fügte ich hinzu.

»Also ich geh da nicht hin.« Marthas Entschluss stand fest. »Keine Chance.«

Eine Woche später saßen wir im Zug, der uns nach Daundelyon Hall zu Großtante Grusilla brachte.

Der Wagen war rappelvoll. Caramel schubste Martha und mich auf freie Plätze gegenüber von zwei alten Frauen. »Ich bin nicht weit weg von euch«, sagte sie zu uns. »Ich sitze gleich da drüben mit dem Wurm. Dan, du passt auf Martha auf.«

»Wag es ja nicht!«, zischte Martha mir zu, während wir uns auf unsere Plätze quetschten. Dann stellte sie ihre Dinosaurier so auf, dass alle aus dem Fenster sehen konnten. Martha ist keine Schwester, auf die man aufpassen kann, ohne einen Tritt zu bekommen oder mit Dinos bombardiert zu werden.

Caramel quetschte sich durch den Gang und setzte sich auf den einzigen freien Platz zu einem jungen Typ mit einem buschigen roten Bart, bunt tätowierten Armen und einem Tarantel-Tattoo im Nacken. Caramel musterte ihn von oben bis unten und bot ihm Schokolade an.

Caramel glaubt an die Macht von Schokolade genauso unerschütterlich wie an ihre vielen Glücksbringer, die sie vor jeder Art von Unheil bewahren sollen. Ohne Schokolade und Amulette würde man sie niemals antreffen. Ihre Schokoladen-Vorräte waren in Tüten und Taschen und unter ihrem Kopfkissen verstaut, die Glücksbringer trug sie direkt auf der Haut. Caramels Arme und Beine schillerten in allen Regenbogenfarben, ein Wirbel aus Amuletten, Hufeisen, Kleeblättern, Sugar-Skull-Tattoos und anderen Schutzzaubern gegen den bösen Blick.

»In meiner Familie kann man gar nicht vorsichtig genug sein«, hatte sie uns mal erklärt. »Bei uns passieren Dinge ... also viel schlimmer als bei anderen Leuten. Entweder ersticken wir an einer Fischgräte oder wir werden vom Blitz erschlagen oder von einer tollwütigen Kuh totgetrampelt. Meine Oma ist an einem Freitag den 13. gar nicht erst aufgestanden, aus Angst vor dem Unheil, das überall auf sie lauerte. Bis ihr dann die Zimmerdecke auf den Kopf gefallen ist. Meine Tante Melba wurde in einem tragbaren Klo verschleppt, meine Cousine Candy ist im Lift stecken geblieben und hat ihre eigene Hochzeit verpasst. Und dann noch Onkel Roly und seine falschen Zähne ... aber darüber will ich gar nicht reden. Das war einfach zu grässlich ... Ich sag nur eins: Es sind Ströme von Blut geflossen ...«

Dad hatte Caramel als Babysitter für uns eingestellt, damit sie unbesorgt im Regenwald herumgurken und den Großen Rotfleckigen Gehörnten Riesen-Dungkäfer suchen konnten.

Scharen von Bewerbern waren aufgekreuzt und alle hatten immer wieder betont, wie sehr sie Kinder liebten – na ja, kein Wunder, sie kannten Martha ja noch nicht.

Mum hatte ihre Zweifel, ob Caramel die Richtige für uns war. Ich glaube, das Motorrad und die stachlige Punkfrisur haben sie abgeschreckt. Aber Dad sagte, sie sei perfekt für den Job. »Caramel Lovejoy – bei so einem Namen muss sie doch ein bisschen verrückt sein«, fügte er hinzu.

Es tat weh, an Mum und Dad zu denken. Ich saß in meine Ecke eingequetscht, starrte aus dem Zugfenster auf die vorbeizischenden Bäume, Hecken und Felder und plötzlich kribbelte meine Nasenspitze. Ich musste blinzeln, damit die Welt um mich herum nicht verschwamm. Die beiden alten Frauen gegenüber aßen belegte Brote und tranken Tee aus Thermosflaschen. Wahrscheinlich hatten sie mein Blinzeln bemerkt, denn sie lächelten mich jetzt irgendwie mitleidig an. Das hat uns gerade noch gefehlt, dachte ich finster. Ich schaute zu Martha hinüber, die in ihr Buch vertieft war: *Berühmte Mörder quer durch die Jahrhunderte.* Martha und alte Frauen, das geht gar nicht.

Eine der beiden raschelte ein bisschen in ihrer Tasche herum, dann zog sie eine Packung Butterkekse hervor.

»Hier, möchtest du einen, Herzchen?«

»Nein, danke.« Ich lächelte zurück, so höflich ich konnte.

Aber natürlich mussten sie jetzt auch noch Martha fragen.

Martha schaute von ihren berühmten Mördern auf und beäugte misstrauisch die Butterkekse.

»Nein, danke«, sagte sie endlich. »Ich nehme keine Kekse von fremden Leuten an. Wer weiß, ob die nicht vergiftet sind.«

Die alte Frau machte ein betroffenes Gesicht, aber sie lobte Martha, weil sie so ein »vernünftiges kleines Mädchen« sei. Martha runzelte die Stirn. Sie hasst es, wenn man sie »klein« nennt.

Die Reise dauerte ewig. Unzählige Orte und Bahnhöfe kamen und gingen. Die beiden alten Frauen stiegen aus, ohne Tschüss zu sagen, was ich ihnen nicht übel nehmen konnte. Dann setzte sich eine Mutter mit Kleinkind auf den leeren Platz und schließlich eine Geschäftsfrau im Business-Kostüm, die sofort hinter ihrer Zeitung verschwand. Weiter hinten im Wagen schlief der Wurm auf Caramels Schoß, während Caramel und der Rotbart gegenseitig ihre Nasenpiercings bewunderten.

Diddel-di, diddel-dum. Martha hatte ihr Buch weggelegt und war jetzt in ihr Lieblingsspiel vertieft, *Robin Rabbit und die Attacke des Karottenmonsters.* Diddel-di, diddel-dumm, diddel-di-diddel ... Bis ihr schließlich die Leben ausgingen. Diddel DUMM DUMM DUMM!

»Dummes Karnickel«, knurrte Martha. »Ist mir doch egal.«

Ich versuchte mein Buch zu lesen, starrte aber meistens nur

zum Fenster hinaus. Wir waren bei Sonnenschein aufgebrochen, jetzt prasselte der Regen gegen die Scheiben. Die Tropfen liefen rückwärts – und ich wäre auch gern rückwärtsgereist, in die Zeit vor den Kannibalen. Die Geschäftsfrau raschelte immer noch mit ihrer Zeitung. Ich las die Schlagzeilen: Irgendeine Royal bekam ein Baby, der Premierminister war mit Eiern beworfen worden, ein indisches Rhinozeros war aus einem Wildtiergehege verschwunden, ein Fußballer hatte seinen Ferrari gegen einen Baum gefahren, in den nächsten Tagen war mit schweren Regenfällen und Überschwemmungen zu rechnen …

Endlich, nach einer Ewigkeit, erwachten die Lautsprecher knisternd zum Leben: »In wenigen Minuten erreichen wir unseren nächsten Halt, Witches' Cross. Haben Sie auch nichts vergessen? Bitte denken Sie daran, Ihre Sachen mitzunehmen, und achten Sie beim Aussteigen auf den Niveauunterschied zwischen Zug und Bahnsteig.«

Weiter hinten im Wagen kam Caramel auf die Füße, wobei sie eine kleine Lawine aus buntem Schokoladenpapier auslöste. Wir waren da.

Kapitel Zwei

Der Bahnhof von Witches' Cross war verlassen. Niemand wartete auf den beiden Bahnsteigen, und am Fahrkarten-Schalter hing ein Schild: BIS AUF WEITERES GESCHLOSSEN. Auch der Parkplatz war leer.

»Und jetzt?«, fragte ich. »Wie kommen wir nach Daundelyon Hall?«

»Eure Tante hat versprochen, dass uns jemand abholt«, sagte Caramel und versuchte den quengelnden Wurm auf ihrem Arm zu halten. »Vielleicht ist er im Stau stecken geblieben.«

Ich sah mich um. Hier war nichts, nur eine ausgestorbene, holprige Straße, die mitten ins Nirgendwo führte.

»Es wird dunkel«, sagte Martha. »Ich mag die Gegend hier nicht. Ich will nach Hause.«

»Pssst!«, zischte Caramel und legte einen Finger an ihre Lippen. »Hört ihr das nicht?«

Klipp-klopp, klipp-klopp …

Ein, zwei Minuten später trotteten vier tintenschwarze Pferde, hinter denen eine Kutsche herratterte, auf den Parkplatz.

»Hooo!« Der Kutscher war klein und verhutzelt und sah aus wie ein runzliger alter Affe. Als er die Zügel anzog, hielten die Pferde schnaubend an und stampften mit den Hufen. Der alte Mann schaute auf Martha mit ihren Dinosauriern in der Hand hinunter, auf Caramel, die den zappelnden Wurm im Arm hielt, und auf den Gepäckhaufen neben uns. Dann sah er mich an und tippte an seine Stoffmütze. »Bist du das, Master Dandelion?«

Ich blinzelte zu ihm hoch. »Ähm … ja, ich bin Dan.«

»Na, dann lasst uns lieber mal aufbrechen, solange die Gäule die Straße noch sehen können.« Der alte Mann riss seinen Kopf zum Himmel hoch. »Will nicht bei Mondlicht durch 'n Dunkelwald fahren. Wegen den ganzen Wölefen und so …«

»Wölfe? Da gibt es Wölfe?« Ich wusste nicht, ob ich ihm glauben sollte.

»Ach, im Dunkelwald gibt's alle möglichen Viecher.« Der alte Mann sprang von seinem Sitz herunter und hievte unsere Koffer auf den Wagen. »Wölefe. Einhörner.«

»Einhörner?« Martha glaubt einfach alles. »Wirklich?«

Nein, nicht wirklich. Aber das sagte ich nicht laut. Ich wollte ja nicht unhöflich zu dem alten Mann sein.

»Ja, und Wildsäue«, fügte der Kutscher hinzu. »Mit Hauern, die zerfetzen dir glatt einen ausgewachsenen Mann. Früher, da hat's noch Jagdpartien im Schloss oben gegeben. Lauter vornehme Herrschaften damals, alles ganz prächtig. Und meine Wenigkeit mit den Hunden unterm Tisch, wo wir die Knochen abnagen durften. Ha, damals hatte ich noch Zähne im Mund!« Er leckte über seinen zahnlosen Gaumen. »So was nenn ich Schindluder mit der Natur treiben, wenn ein Mann seine eigenen Zähne überleben muss!«

Ohne Vorwarnung packte er meine Hand und quetschte sie mit seinen dürren Klauen, dass ich zusammenzuckte. Seine Nägel waren schwarz von Erde und Schmutz und dort, wo sein kleiner Finger hätte sein müssen, war nur ein Stummel übrig. Seit ich das Foto in Mr Stiltons Büro gesehen hatte, war ich etwas empfindlich, was fehlende Körperteile betraf. Ich wollte meine Hand wegziehen, aber er ließ mich nicht los.

»Gutes Blut«, sagte er und kniff mich in die Finger. »Und voll im Saft. Frischer grüner Trieb, muss nur noch eingepflanzt werden ... Wirst Wurzeln im Schloss oben schlagen, ehe du dichs versiehst, Master Dandelion.«

Sollte das ein Witz sein oder war der Kerl einfach komplett

verrückt? Auf jeden Fall hoffte ich, dass er endlich meine Hand loslassen würde.

Martha streichelte die Nüstern der Pferde. »Wie heißen die?«, wollte sie wissen.

»Midnight. Ebony. Raven. Und der da is Death – der Tod«, sagte der alte Mann. »Pass auf deine Finger auf, kleine Miss. Der is verdammt launisch. Wird ganz schnell aufsässig.«

Martha streckte trotzdem die Hand aus, um den glänzenden schwarzen Hals zu tätscheln. »Im Reitstall zu Hause geben sie mir immer so ein dickes kleines Pony namens Muffin. Aber Death würde ich viel lieber reiten. Kann ich mich neben Sie setzen und die Zügel halten?«

»Na gut – da vorne hat noch einer Platz.« Der Kutscher ließ endlich meine Hand fallen und ich steckte sie schnell in die Tasche. Hatte er seinen Finger vielleicht wegen Deaths »Aufsässigkeit« verloren? »Die anderen müssen drinnen sitzen«, fügte er hinzu. »Da is nur die alte Bessie Fleaspoon. Kannst dich ruhig auf sie draufsetzen, Master Dandelion. Das macht ihr nichts.«

»Hey, ich komme mir vor wie Cinderella«, sagte Caramel, als der Kutscher die Treppe für sie herunterließ. »Oder wie die Queen höchstpersönlich.«

Die Wagentür war mit einem goldenen Wappen verziert: ein Löwe und ein Einhorn, die sich zähnefletschend aufbäumten, und in der Mitte zwei gekreuzte Schwerter. Außerdem noch etwas, das wie ein Kohlkopf aussah – oder war es Wirsing? Im Wageninneren war niemand, nur eine lange Holzkiste, von Bessie Fleaspoon keine Spur. Ich stieß mir das Knie an einem der Messinggriffe. Wozu brauchte die Kiste so viele Griffe? Sie bestand aus sechs Seiten, zwei davon länger als die anderen, und bildete ein unregelmäßiges Sechseck – das hatten wir gerade in Mathe durchgenommen. Mir fiel nur *eine* Kiste ein, die diese unregelmäßige Sechseckform hatte ... und ich wich schnell zurück, aber es war zu spät.

»Vorsicht, Master Dandelion«, sagte der alte Mann und knallte die Wagentür hinter mir zu.

Jetzt wusste ich, wo Bessie Fleaspoon war und warum es ihr nichts ausmachte, wenn ich mich auf sie draufsetzte.

Bessie Fleaspoon, die Arme hieß auch noch »Flohlöffel«, war jenseits von Gut und Böse. Sie lag im Sarg.

»Auf geht's! Hüaaah!«

Martha hatte wie üblich ihren Kopf durchgesetzt: Der alte Mann hatte ihr die Zügel gegeben. Eine Peitsche sauste durch die Luft und die Pferde schossen so ruckartig vorwärts, dass Caramel und ich gegen die Wand der Kutsche knallten.

»Immer mit der Ruhe, Miss!«, warnte der Kutscher. »Ihre Ladyship lässt Strumpfbänder aus meinen Gedärmen machen, wenn ich Master Dandelion nicht ruck, zuck ins Schloss raufbringe, und das natürlich heil und unversehrt!«

Martha hörte nicht auf ihn. »Schneller!«, befahl sie den Pferden. »Die Wölefe kommen!«

»Es gibt keine Wölfe«, sagte ich zu Caramel. »Oder?«

»Du kennst doch Martha.« Caramel war mit dem Wurm beschäftigt, der seine Socken aufzuessen versuchte. »Sie mag eben ein bisschen Aufregung im Leben.«

Aber das Leben kann auch manchmal *zu* aufregend sein. Ein langweiliges Leben hat wenigstens den Vorteil, dass deine Eltern nicht von Kannibalen gefressen werden und du am Ende auf einem Sarg mit Leiche drin sitzt und durch einen wolfsverseuchten Wald fahren musst.

»Hooo!«

Lautes Wiehern drang von draußen herein, die Pferde schwenkten herum und die Kutsche machte einen wilden Satz. Ich rutschte zur Seite und landete fast auf Caramels Schoß, während sie den Wurm auffing, der an die Decke geflogen war. »Was war das denn?«

Ich spähte aus dem Fenster. Wir waren an einer Kreuzung mitten im Niemandsland – hier gab es nichts außer ein paar grauen Felsblöcken und einem einsamen Baum mit stachligen, geschwärzten Ästen, die in den leeren Himmel aufragten.

»Das hier is der Henkersbaum«, brummte der alte Mann. »An

dem hamse früher die Hexen aufgehängt. Und die hamse dann am Ast baumeln lassen, bis die Krähen ihre Knochen ganz blank gepickt hatten. Macht immer noch die Gäule scheu … Die wittern die Geister, versteht ihr? Ihr könnt sie heulen hören …«

»Ach, das ist der Wind«, sagte Caramel. Aber ich sah, wie sie an den blauen Perlen mit den winzigen aufgemalten Augen drehte, die sie um ihr Handgelenk trug. »Hexen werden schon ewig nicht mehr gehängt.«

»Die letzte am Abend vor Allerheiligen«, fügte der Kutscher hinzu. »Das war 1699. Na, jedenfalls wolltense die hängen. Aber so 'ne richtige Hexe is glitschig wie 'n Aal, die rutscht dir einfach durch die Finger. Bald drauf hat der Blitz in den Baum eingeschlagen. Hexenfeuer, so heißt das hierzulande. Und jetzt mal langsam, Missy, und lass deine Augen auf der Straße. Ihre Ladyship wird fauchen wie ein Sack voller Frettchen, wenn Master Dandelion im Straßengraben landet. Die wolln ihn an einem Stück im Schloss oben haben. Fürs Erste jedenfalls.«

Klipper-klapper-klopper. Klipp-klapp-klopp. Die Kutsche schwankte bedrohlich hin und her, während die Pferde weitergaloppierten, immer weiter und weiter ins Nirgendwo hinein. Caramel zuckte jedes Mal zusammen, wenn die Räder über einen Buckel holperten. Und der Wurm brüllte aus vollem Hals und war schon ganz rot im Gesicht. Särge sind nicht gerade die bequemste Sitzgelegenheit.

»Wir sind da!«, schrie Martha endlich. »Dan, schau mal – das ist ja ein richtiges Schloss!«

Ich rutschte von Bessie Fleaspoons Sarg herunter und kniete mich ans Fenster, um in das Dämmerlicht hinauszuspähen.

Wir hatten die Straße verlassen und ratterten jetzt über eine baufällige Holzbrücke. Vor uns, mitten auf einer buckligen kleinen Insel im Fluss, ragte Daundelyon Hall auf. Das Schloss war ziemlich heruntergekommen – ein bröckelndes altes Gemäuer, dazu ein Torhaus und eine Zugbrücke mit spitzem Fallgitter, das unerwünschte Eindringlinge fernhalten sollte. Auch einer der ursprünglichen Türme stand noch, er trug die Überreste der Zinnen wie eine abgebrochene Krone. Alles war moosüberwuchert, aus jeder Ritze quoll Unkraut hervor. Hier und da hatten die Bones später noch etwas dazugebaut, bis ein bunt zusammengewürfeltes Anwesen entstanden war. Das einzig Moderne an dem Schloss waren die prunkvollen goldenen Buchstaben, die über dem Torbogen des Fallgitters in den Stein gemeißelt waren:

FISHBLOOD AND BONE
BESTATTUNGSUNTERNEHMEN

Und darunter stand in kleineren Buchstaben:

UNSER SUPER-SCHNÄPPCHENANGEBOT
GÜNSTIG IM DOPPELPACK: EINMAL BLECHEN ... UND DER NÄCHSTE VERBLICHENE GEHT AUFS HAUS!

Na toll, dachte ich grimmig. Das hatte uns gerade noch gefehlt: Unser neues Leben im Bestattungsinstitut! Obwohl es zumindest Bessie Fleaspoons Anwesenheit erklärte. Das hier war also keine x-beliebige Leiche, die zufällig eine Mitfahrgelegenheit gebraucht hatte ... Ich warf einen Blick auf Caramel, die auch nicht besonders glücklich aussah. Sie fummelte schon wieder an ihren Perlen herum.

»Aiiiihh!« Wir sprangen fast aus den Schuhen vor Schreck und Caramel stieß einen spitzen Schrei aus, als etwas Dunkles aus dem Nichts hervorschnellte, gegen das Fenster der Kutsche knallte und das Licht aussperrte. Dunkle Flügel schwirrten, ein schwarzer Schnabel trommelte gegen die Scheibe – ratattattatt ratattatatt. Ein funkelndes Auge blitzte kurz auf, dann war es verschwunden.

»War das eine Elster?«, fragte Caramel erschrocken. *»Die erste am Morgen bringt Kummer und Sorgen ...«*

Ich schüttelte den Kopf. »Ich glaube, das war eine Krähe.«

Kraaah! Kraaah! Der Vogel – egal ob Krähe oder Elster – flog hinter der Kutsche her.

»Ein Vogel, der ans Fenster klopft ... das bringt Unheil.«

Caramel war ganz außer sich. »Ein böses Omen, verstehst du?«

Wir ratterten durch das Torhaus und die Kutsche machte wieder einen Satz. Ich knallte mit der Nase gegen das Fenster, der Wurm brüllte und Caramel kniff ihre Augen fest zusammen.

»Hooo!«, quiekte Martha begeistert.

»Langsam jetzt«, ermahnte der alte Mann sie. »Wirfst uns ja noch um, Mädel. Pass mal auf die Steine da auf. Das Dach kommt schon runter. Die Mauern auch. Und wenn noch mehr runterkommt, dann sitzen wir bald innem Schutthaufen.«

Als wir endlich unter großem Getöse zum Stehen kamen, nahm ich ohne Bedauern Abschied von Bessie Fleaspoon. Martha war bereits vom Kutschbock gesprungen und sprudelte über vor Stolz und Freude, weil der alte Mann ihr gesagt hatte, sie habe ein Händchen für Pferde. Martha wird immer wegen ihrer Klugheit bewundert. Von allen Leuten. Es ist nur eine Frage der Zeit, bis sie vor Einbildung irgendwann abhebt.

Die schwere Holztür von Daundelyon Hall, die von zwei hohen Steinsäulen flankiert war, stand offen. Auf der einen Seite bäumte sich ein steinernes Einhorn auf, auf der anderen ein fauchender Löwe. Im Türsturz war eine Inschrift eingemeißelt, die im Lauf der Zeit ziemlich verwittert war. Aber man konnte die Worte noch lesen:

STARK WIE EIN LÖWE UND SCHARF VON KLAUEN
IST UNSER WAHLSPRUCH, AUF DEN WIR VERTRAUEN.
EIN ECHTER BONE MUSS ALLZEIT AM LEBEN SEIN
ODER DIESE MAUERN ZERBRÖCKELN, STEIN UM STEIN.

Soweit ich sehen konnte, war das Bröckeln schon ganz schön weit fortgeschritten. Eine der Säulen war der Länge nach gespalten und in den oberen Fenstern fehlten hier und da ein paar Butzenscheiben. Vom Dach waren jede Menge Schieferplatten abgerutscht und im Hof gelandet. Hinter den baufälligen Schornsteinen ragte eine Glaskuppel auf, grün marmoriert, wie ein schmuddeliges Aquarium.

Plötzlich ertönten Schritte und eine Frauenstimme bellte im Kommandoton: »Ist er da?«

»Aye, aye, M'lady«, sagte der Kutscher. »Der junge Master Dandelion un die kleine Miss. Un die große Miss mit dem kleinen Schreihals. Da is schon wieder was vom Torhaus runtergekommen«, fügte er missbilligend hinzu. »'n Rad hat's geschrammt beim Durchfahren. Die Gäule mögen das nicht. Ruin und Verfall, so weit isses gekommen. Ruin und Verfall.«

»Ach, dummes Zeug!« Die Stimme klang scharf wie splitterndes Glas. »Jetzt nicht mehr. Jetzt, wo der Junge da ist, wird alles gut. Wo ist er? Bring mir den Erben!«

»Aye, M'lady.« Der alte Mann versetzte mir einen Stoß zwischen die Schulterblätter, dass ich der Länge nach in die Schatten von Daundelyon Hall fiel.

Der Boden war aus kaltem Stein, die Wände waren mit dunklem Holz getäfelt und strotzten vor altertümlichen Waffen: Schwerter, Schilde, Dolche und Streitäxte. Leere Särge lehnten aufrecht an den Balken. In einer Ecke befand sich eine Kanone neben einem Haufen Kanonenkugeln, so groß wie Fußbälle. Die Großvateruhr in der anderen Ecke war stehen geblieben: Ihre Zeiger standen auf zehn vor drei. Zwischen den Waffen hingen längst verstorbene Bones an den Wänden und spähten über ihre ölgemalten Nasen herunter. Kein einziger von ihnen lächelte. Alle kniffen die Lippen zusammen, als müssten sie einen Rülpser unterdrücken.

»Warum hat denen niemand erzählt, dass sie ›Mäusescheiße‹ sagen sollen?«, flüsterte Martha hinter mir.

Ich rappelte mich vom Boden auf und rümpfte die Nase. Der Geruch hier ließ mich an lauter tote Dinge denken: verwelkte Rosen, vertrocknetes Gras, die halb verweste Ratte, die Dad letzten Winter im Schuppen gefunden hatte. Am Fuß der Treppe, zwischen zwei Rüstungen, stand Großtante Grusilla.

Anstarren ist unhöflich, okay, aber manchmal kann man einfach nicht anders. Tante Grusilla war in ein Kleid mit ausladenden Röcken gezwängt, die bis auf den Boden fielen – wie ein Nilpferd, das sich zur Feier des Tages in die besten Spitzenvorhänge des Hauses geworfen hatte. An ihrem Hals und ihren Handgelenken funkelten Juwelen und zwei besonders große baumelten an ihren Ohren. Ihr Haar war milchig-gelb, wie geräucherter Heilbutt, und mit unzähligen Perlen und Schleifen verziert. Das Ganze war um ein Fischglas herum auf ihrem Kopf aufgetürmt und, ich musste zweimal hinsehen, denn in dem Glas schwammen *richtige* Fische. Auf ihrem Arm saß ein kleiner schwarz-weißer Hund mit vorquellenden Froschaugen und haarigen Fledermausohren. »Endlich!« Tante Grusilla breitete ihre Arme aus, ließ den Hund fallen – er platschte mit einem gequälten Winseln auf den Boden – und segelte auf uns zu. »Mein lieber, lieber Junge!«, rief sie, ohne Martha auch nur eines Blickes zu würdigen. »Endlich bist du gekommen!«

Als sie mich in ihre Arme riss, kratzten mir die Steine an ihrer Halskette die Wange auf und ich erstickte fast in der beißenden Kompostwolke, die mir entgegenschlug. Ich schielte mit angehaltenem Atem nach oben, ihre diversen Kinne wabbelten über mir. Die Runzeln in ihrem Gesicht waren mit Puder zugekleistert, der auch in ihrem Damenbart klebte. Ehrlich, Tante Grusilla sah aus wie ein aufgetakeltes Walross.

»Daundelyon Hall wartet schon so lange auf dich!«, säuselte sie mir ins Ohr und drückte mich noch fester. »Willkommen zu Hause!«

»Das ist nicht unser Zuhause«, stellte Martha hinter mir klar. »Wir leben in der Shakespeare Road Nummer 32.«

Tante Grusillas Nasenflügel über meinem Kopf blähten sich wie bei einem Pferd. Ich konnte ihr voll in die Nase schauen. »Zu meiner Zeit«, erwiderte sie kalt, »durften kleine Mädchen gesehen, aber nicht gehört werden.«

»Muss wohl in der Steinzeit gewesen sein«, brummte Martha vor sich hin.

Zum Glück dröhnte in diesem Augenblick ein Gong durchs Haus und wir wirbelten herum.

»Das ist Pokiss«, sagte Tante Grusilla. »Wir haben hier nicht viele Besucher. Jedenfalls keine lebendigen. Sie ist ganz außer sich vor Freude.«

Aber die Person, die gerade durch eine der Türen hereinschlurfte, sah alles andere als erfreut aus. Sie trug einen Nadelstreifenanzug, der eindeutig einem Mann gehört hatte und ihr mehrere Nummern zu groß war, dazu Flauschpantoffeln und eine wollene Pudelmütze, unter der spinnwebenzarte Haarsträhnen hervorquollen. Ihre rot geränderten Augen hatten die Farbe von schmutzigem Spülwasser. Die Gestalt hatte weder Wimpern noch Augenbrauen und ihre Haut sah bleich und käsig aus.

»Da ist er, Pokiss.« Tante Grusilla schwang mich herum. »Daundelyon hat einen neuen Bone. Darf ich dir unseren Erben vorstellen?«

»Erben-Erbssschen ... sieht haarig aus«, murrte die Gestalt im Nadelstreifenanzug abfällig. Einen Augenblick lang musterte sie Martha und mich von oben bis unten. »Pygmäen«, schnaubte sie dann. »Zwerge!«

»Das sind Kinder«, wies Tante Grusilla sie zurecht. »Arme kleine Waisenkinderchen, die keine Menschenseele haben, die sich um sie kümmern könnte. Und deshalb müssen sie bei uns leben. Ist das nicht wundervoll?«

Ich krümmte mich, weil ihr Ring sich in mich hineinbohrte. Als ich auf ihre Finger schaute, die meine Schultern umklammerten, zog es mir fast den Boden unter den Füßen weg: Da fehlte einer. Oder nein, es war nur ein Stummel übrig, so wie bei dem alten Mann. War das auch eine Folge von Deaths Aufsässigkeit? Ich nahm mir vor, um diese Gäule einen großen Bogen zu machen.

»Tsss.« Pokiss schnaubte. An ihrer Nasenspitze baumelte ein Tropfen Flüssigkeit.

»Wir haben wohl jemand, der sich um uns kümmert!«, sagte Martha empört. »Caramel.«

Caramel hatte dem Kutscher geholfen das Gepäck auszuladen. Jetzt kam sie zur Tür herein, den grantigen, quäkenden Wurm auf dem Arm, und Tante Grusilla und Pokiss starrten ungläubig auf ihre nietengespickte Bikerjacke, ihre silbernen Piercings und ihr Stachelhaar. Caramel hatte sich heute große

Mühe mit ihrem Outfit gegeben. Sie trug sogar schwarzen Lippenstift und an ihren Ohrläppchen baumelten Ohrringe.

»Igelbalg«, zischte Pokiss. »Sssstachlig. Nicht nett ... Tss!«

»Klar ist sie nett«, beharrte Martha. »Sie liest uns Geschichten vor und hat superschöne Tattoos. Hier, schaut mal – ich bin ein Vampir!« Prompt kletterte sie in einen der aufrecht stehenden Särge, verschränkte die Arme vor der Brust und schloss die Augen. Typisch. Martha muss einfach immer im Mittelpunkt stehen.

»Passt nicht.« Pokiss riss ein Maßband aus ihrer Jackentasche und fing an Martha auszumessen – rauf, runter und über die Schultern. »Pygmäen brauchen winzzzzig kleine Kisten. Nicht ssso eine. Zu groß. Vielleicht passt das Igelbalg rein.« Sie stürzte sich mit ihrem Maßband auf Caramel, die ihre Perlen umklammerte und mit den Augen rollte wie ein traumatisierter Hund.

»Was fällt dir ein, bei unseren Gästen Maß zu nehmen, Pokiss?«, schimpfte Tante Grusilla. »Sie sind doch nicht hier, um in einen Sarg eingepasst zu werden. Du musst höflich sein und ihnen die Jacken abnehmen. Dann können wir sie auf ihre Zimmer bringen.«

Pokiss schnaubte wieder und streckte ihre knochigen Hände aus.

»Oh!«, stieß ich hervor, ehe ich mich bremsen konnte, und

ließ das »Oh« schnell in einen Hustenanfall übergehen. Ich versuchte nicht auf ihre Finger zu starren, aber ich konnte nicht anders: Es waren nicht zehn, sondern achteinhalb.

Nicht noch einer ... Die Bewohner von Daundelyon Hall schienen ziemliche Pechvögel zu sein – und allen war das Gleiche passiert. Nur mit dem Unterschied, dass Pokiss außer einem kleinen Finger auch noch den halben Ringfinger der anderen Hand eingebüßt hatte.

Caramel streifte ihre Jacke ab. Darunter trug sie ein ärmelloses Top. Pokiss wich zurück und zischte wie eine Schlange. Ihr Blick war auf die knallblauen Augen auf Caramels Schulter geheftet.

»Caramel ist voller Glücksbringer«, erklärte Martha. »Das hier beschützt sie vor dem bösen Blick und vor schwarzer Magie.« Neugierig ging sie um Großtante Grusilla herum und studierte ihren Haarturm. »Was passiert mit den Fischchen, wenn du dich vornüberbeugst?«, fragte sie.

»Eine Dame beugt sich nicht vornüber«, erklärte Tante Grusilla barsch. »Das ist ungehörig und unnötig. Wo ist Lambkin?« Sie hielt nach dem kleinen Hund Ausschau, der hinter einer Ritterrüstung kauerte. »Komm jetzt, Dandelion. Ich zeige dir das Schafgemach des Schlosserben.«

Kapitel Drei

Wir folgten Tante Grusilla die breite, gewundene Treppe mit dem glänzend polierten Geländer hinauf und durchquerten eine Galerie, in der noch mehr tote Bones hingen. Ich hielt vor einem Männerporträt an. Der Typ darauf trug eine altmodische weiße Lockenperücke, wie ein Richter, dazu eine schwere goldene Weste, weiße Strümpfe und Schnallenschuhe. Er hatte eine lange Nase und einen verträumten Blick und erinnerte mich irgendwie an Dad. Na ja, eigentlich erinnerten mich alle Männer in dieser Galerie an Dad. An ihrer Kleidung erkannte man, dass sie in früheren Zeiten gelebt hatten, aber ihre Gesichter waren die gleichen. Laut Mum werde ich später auch mal wie Dad aussehen. Die Familienähnlichkeit der Bones schlägt immer irgendwann durch, behauptet sie. Was mir nichts ausmacht. Ich finde es okay, wie Dad auszusehen. Abgesehen von der kahlen Stelle auf seinem Kopf – auf die kann ich verzichten.

Im größten Bilderrahmen der Ahnengalerie – er war ganz fleckig und dunkel vor Alter – thronte eine Frau mit glänzend goldenem Haar und tiefroten Lippen. Ihre Haut war rosig und gut gepolstert.

»Das wurde nach meiner Hochzeit gemalt.« Tante Grusilla entwich ein tiefer Seufzer. »In meiner Jugend galt ich als strahlende Schönheit, müsst ihr wissen. Die Männer schlugen sich um meine Aufmerksamkeit, ach ja ... Einer von ihnen schrieb sogar ein Gedicht, in dem er mich mit einer griechischen Göttin verglich.«

»Ziemlich fett, die Göttin«, bemerkte Martha, die das Bild mit zusammengekniffenen Augen studierte. »Die hat wohl zu viel griechisches Essen in sich reingestopft.«

»Hat Großonkel Dandelion auch um dich gekämpft?«, fragte ich, während Tante Grusilla meiner Schwester einen giftigen Blick zuwarf.

»Das war nicht nötig. Ich wusste, dass es mir bestimmt war, Herrin von Daundelyon Hall zu sein – damals, heute und immerdar.« Plötzlich blieb sie stehen, so abrupt, dass ich fast in sie reinknallte. »Das Schlafzimmer des Erben«, verkündete sie. »Und von nun an deines, Dandelion.«

Die Wände waren dunkelrot, mit demselben goldenen Wappen gemustert, das ich schon an der Kutschentür gesehen hatte: der Löwe und das Einhorn, die gekreuzten Schwerter und das komische Gemüse. Blutrote Samtvorhänge umhüllten ein riesiges Himmelbett.

»Wer ist das denn?« Martha schubste mich aus dem Weg, um besser sehen zu können.

Eine riesige Gestalt im Kettenhemd wachte am Fußende des Bettes. In einem der eisernen Handschuhe steckte ein Schwert. Die andere Eisenhand hielt etwas hoch, das wie ein Fußball aussah, nur auch aus Metall, und an einem Stock festgekettet war. Die Kugel war mit furchterregenden Stacheln gespickt, scharf genug, einem Gegner den Schädel zu zertrümmern, bis ihm das ganze Gehirn rausspritzte.

»Sir Lyon de Beaune«, verkündete Tante Grusilla. »Dein Vorfahr und Begründer des Bone-Geschlechts. Er kam mit Wilhelm dem Eroberer 1066 aus der Normandie herüber und kämpfte in der Schlacht von Hastings. Das hier war sein Lieblingsschwert. Er hatte zwei, das andere wurde mit ihm begraben.« Sie streichelte die eiserne Klinge mit ihrer beringten Hand. »Lion's Tooth hieß das Schwert – Zahn des Löwen. Und du wurdest nach ihm benannt, Dandelion.«

»Nein, das stimmt nicht – Dan ist nach einem Unkraut benannt«, kicherte Martha. »Löwenzahn, so heißt doch diese Blume mit den flauschigen gelben Blüten.«

»Blödsinn! Ich bin nach Dad benannt. Und nach Dads Dad.«

»Und dessen Vater und Großvater«, stimmte Tante Grusilla zu. »So wie dein Onkel Dandelion. Ihr seid alle nach Sir Lyons Schwert benannt. Dents de Lyon auf Normannisch.« Grusilla berührte die stachlige Eisenkugel. »Und das hier war Sir Lyons Streitflegel – die Pranke des Löwen. Du kannst ihn auf dem Wandteppich sehen.«

Sie deutete auf einen zerfransten bräunlichen Stoffstreifen – so farblos wie schwacher Tee –, der sich über alle vier Wände erstreckte. Ich musste an eine Comic-Zeichnung denken: Hunderte von kleinen Männchen mit spitzen Schuhen und eiförmigen Helmen, einige davon zu Pferd, schleuderten Speere oder feuerten Pfeile ab, offenbar wild entschlossen einander umzubringen.

»Das ist Sir Lyon, wie er gegen die Engländer kämpft.« Tante Grusilla zeigte auf eine Gestalt, die größer als der Rest war. Sir Lyon hatte einen Engländer auf sein Schwert gespießt wie ein Kebab, während er einem anderen seine Löwenpranke auf den Kopf knallte.

»Nett«, sagte Martha, die eine Schwäche für gute Kämpfe hat.

»Dieser Wandteppich wurde von Clotilda, Sir Lyons Frau, gestickt«, ließ Tante Grusilla uns wissen. »Das war ihr Lebenswerk. Wie ihr seht ...« Sie zeigte auf eine Stelle, an der das Bild abrupt mit einem halben Pferd aufhörte, »ist sie gestorben, bevor sie es vollenden konnte.«

»Wahrscheinlich vor Langeweile«, sagte Martha. »Ich hasse Handarbeit.«

Tante Grusilla zog die mottenzerfressenen Vorhänge des Himmelbetts zurück. »Diesen Nachttopf unter dem Bett hat Charles I. benutzt, kurz bevor ihm der Kopf abgehackt wurde. Wir sind hier also in einem sehr geschichtsträchtigen und traditionsreichen Raum.«

Ich starrte den mörderischen Robo-Vorfahren mit seinem Löwenzahn und seiner Löwenpranke an. Na und?, dachte ich. Ich hätte diese ganze ehrwürdige Geschichte und Tradition jederzeit gegen mein gemütliches Zimmer in der Shakespeare Road eingetauscht.

»Fünfundzwanzig vor zehn.« Martha schaute auf eine große Silberuhr. »Die geht falsch.«

»Sie ist stehen geblieben«, sagte ich. »So wie die unten.«

»Ja, aus gutem Grund«, stieß Tante Grusilla scharf hervor. »Ich ertrage dieses ganze Ticke-tacke-ticke-tacke nicht – die Zeit, die für immer davongaloppiert und sich ins Fäustchen lacht. Aber nicht in diesem Haus. Hier muss sie tun, was man ihr sagt.«

Marthas Himmelbett im Schlafzimmer nebenan war kleiner als meines und nicht ganz so pompös. An der Wand hing ein

Gobelin mit einer bleichen Lady im hellen Gewand, die auf einer blühenden Wiese saß. Neben ihr kniete ein Einhorn, das seinen Kopf in ihrem Schoß ruhen ließ.

»Das ist Lady Clotilda, wie sie ein Einhorn zähmt«, belehrte uns Tante Grusilla. »Einhörner können nur von einem tugendhaften Mädchen angelockt werden, einem sanften, unschuldigen Geschöpf. Lady Clotilda hat als junges Mädchen ein Einhorn in den Wäldern hier gefangen und zum Beweis dafür hat sie diesen Wandteppich gewebt.«

»Ein Beweis ist das aber nicht«, widersprach ich ihr. »Es ist ja nur ein gewebtes Bild und kein Foto, oder?«

»Im Dunkelwald gibt es sogar heute noch Einhörner«, fuhr Tante Grusilla fort, ohne meinen Einwand zu beachten.

»Und wo schläft Caramel?«, fragte Martha. »Und der Wurm?«

Tante Grusilla schielte über ihre Nase auf ihn hinunter. »Plärrt es?«, fragte sie und kniff ihn in den Arm. Der Wurm starrte sie an, dann brüllte er los. »Dachte ich's mir doch.« Tante Grusilla nickte wissend. »Ich hatte auch mal einen Säugling. Der hat denselben Lärm gemacht. Er musste auf dem Speicher oben leben, bis er alt genug war, um sich anständig zu benehmen. Pokiss macht ein Bett für euch dort oben. Wenn die Ratten und Fledermäuse zu lästig werden, leiht sie euch eine Muskete.«

»Und was ist aus deinem Heulbaby geworden?«, wollte Martha wissen. »Wo ist es jetzt?«

»Ach, längst fort«, fauchte Tante Grusilla. »Das undankbare Balg ist ausgerissen. Nur gut, dass ich es los bin!«

Martha wollte noch mehr Fragen stellen – sie ist immer sehr direkt –, aber bevor sie den Mund aufmachen konnte, hallte wieder der Gong durchs Haus, so laut, dass alle zusammenfuhren.

»Abendessen«, verkündete Tante Grusilla. »Kommt jetzt. Pokiss wartet nicht gern.«

Als wir die Treppe wieder hinunterstiegen, begegneten wir dem alten Mann, der mit unserem Gepäck in die entgegengesetzte Richtung hinaufwankte. Tante Grusilla blieb stehen, eine Hand auf dem Geländer.

»Ist alles für die Beerdigung morgen bereit, Boy? Hast du die üblichen ... Arrangements getroffen?«

»Der Sarg sitzt gemütlich inner Kutsche, M'lady.« Der alte Mann starrte auf seine Füße hinunter. »Muss morgen früh nur noch die Gäule fein machen.«

»Dann beeil dich mit dem Gepäck und komm ins Glashaus zurück«, befahl Tante Grusilla. »Ich werde bald eine Inspektion machen und ich will wissen, ob diese Pflanzen auch aufrecht stehen, wie es sich gehört. Wehe, sie lassen die Köpfe hängen, das dulde ich nicht!«

Der alte Mann tippte an seine Mütze und setzte keuchend und ächzend seinen Aufstieg fort.

»Früher, in der alten Zeit, hatten dein Onkel und ich ein ganzes Heer von Dienstboten«, erklärte Tante Grusilla. »Nicht nur Pokiss und Boy. Pokiss ist die Sargmacherin und Chefbestatterin und gleichzeitig meine Kammerzofe und Leibköchin. Boy kümmert sich um die Pferde, fährt die Trauerkutsche und pflegt den Garten. Er ist langsam auf den Beinen und sein Gehirn ist, fürchte ich, zu Brei geworden, aber er hat ein Händchen für Pflanzen, das muss man ihm lassen. Wir haben ein paar sehr seltene und wertvolle botanische Exemplare im Glashaus. Leider hatten wir kürzlich einen unglücklichen Zwischenfall und eins davon ist gestorben, aber jetzt wird alles gut.« Sie wühlte mir durchs Haar, dass es mir ins Auge fiel. »Du bist ja jetzt da, Dandelion. Unser ganz besonderer Junge.«

Ich hasse es, wenn mir jemand die Haare zerzaust oder mich als »besonders« hinstellt. Und ich will auch nicht Dandelion genannt werden, »Zahn des Löwen« hin oder her. Also schnitt ich Martha eine Grimasse hinter Tante Grusillas Rücken und Martha streckte mir prompt die Zunge heraus. Sie konnte nicht ganz verbergen, dass sie ein bisschen eifersüchtig war.

Pokiss servierte das Abendessen in einer geblümten Schürze, die sie über ihren Nadelstreifenanzug gebunden hatte. Geredet wurde nicht viel. Dazu waren wir zu weit voneinander entfernt. Der Esstisch hatte ungefähr die Länge eines mittleren Swimmingpools. Am oberen Ende saß Tante Grusilla, Lambkin – ihr Lämmchen – zu ihren Füßen. Ich saß ungefähr in der Mitte. Wenn ich um die Silberschale mit den weißen Lilien herumspähte, konnte ich Martha auf dem Platz gegenüber sehen. Die Schale war mit demselben Wappen verziert wie die Kutschentür und meine Schlafzimmerwände: Löwe und Einhorn, Schwerter und Gemüse, darunter die Worte *Semper virens*. Auch die Teller und Servietten waren damit gemustert.

»Dieser Löwe sieht aus, als ob er gleich ein verfilztes Haarknäuel auskotzt«, bemerkte Martha.

»Das ist das Wappen der Bones«, erklärte Tante Grusilla kalt. »Der Löwe der Bones und Lady Clotildas Einhorn mit dem Familienwahlspruch: Für immer grün.«

»Wenn du mich fragst, hat das Einhorn eine Kolik«, plapperte Martha unbeirrt weiter. »Und wo ist eigentlich Großonkel Dandelion?«, fügte sie hinzu, als Pokiss etwas Braunes, Labbriges in ihre Schale schöpfte. »Hat der keinen Hunger?«

»Euer Onkel ist alt und gebrechlich«, sagte Tante Grusilla. »Er hat seine eigenen Räumlichkeiten im Turm und darf nicht gestört werden. Dieser Teil des Schlosses ist für euch tabu. Also haltet euch fern. Jede Aufregung kann ihm gefährlich werden. Er ist in einem äußerst kritischen Zustand.«

Martha starrte finster in ihre Schale. »Was ist das?«

»Kätzzzchennudelsssuppe«, zischte Pokiss.

Daraufhin trat Schweigen ein. Alle legten ihre Löffel weg, außer Tante Grusilla, die geräuschvoll schlürfte. »Esst auf«, ermahnte sie uns, »sonst gibt es keinen Nachtisch.«

Ich starrte in die graue Brühe, rührte widerwillig in der Schale herum und ließ das Zeug von meinem Löffel tropfen. Die Nudeln waren gar nicht so schlimm, sie glitschten wie Würmer meine Kehle hinunter, bis die Schale weniger voll aussah. Pokiss war in die Küche zurückgetrottet und Tante Grusilla schlürfte unermüdlich weiter. Ich war der Einzige, der Martha dabei ertappte, wie sie ihre Suppe in die Lilien kippte. Weiter unten am Tisch nippte Caramel brav an ihrem Löffel, während sie in Wahrheit die Brühe in das Lätzchen des Wurms kleckern ließ.

»Ups!«, sagte ich und ließ meinen Löffel fallen. Dann duckte ich mich unter den Tisch, um ihn wieder aufzuheben, und nahm meine Schale mit mir hinunter. »Pssst! Lambkin!«, zischte ich.

Der kleine Hund spitzte seine fedrigen Ohren und tappte auf mich zu. Ich richtete mich auf, die leere Schale in der Hand, gerade noch rechtzeitig, bevor Pokiss mit dem Nachtisch zurückkam.

»Wackelpudding«, verkündete sie und stellte etwas Graues, Wabbliges vor mich hin.

»Sehr nahrhaft«, sagte Tante Grusilla. »Iss auf, sonst verletzt du Pokiss' Gefühle. Sie hat den ganzen Vormittag Knochen gekocht.«

Viel, viel später, mir kam es jedenfalls wie eine Ewigkeit vor, kauerten wir auf Marthas Bett, die Vorhänge um uns herum wie ein Zelt zugezogen, und mampften Bananen und Schokolade. Der Wurm schlief in seiner Decke eingerollt. Er war noch zu klein, um Heimweh zu bekommen.

»Wir laufen weg, okay?« Martha trug Mums alte blaue Jacke, die ihr bis über die Knie reichte und nach Mum roch. Sie hatte die Jacke in ihren Koffer gestopft, als gerade niemand hinschaute. »Wir gehen einfach nach Hause zurück. Kein Mensch braucht Großtante Gorilla, oder? Wir haben Caramel. Die kann sich um uns kümmern.«

»Aber das darf ich gar nicht«, seufzte Caramel. »Deine Tante ist euer gesetzlicher Vormund. Und du sollst sie nicht so nennen, Martha.«

»Nein«, stimmte Martha zu. »Ich mag nämlich Gorillas. Die sind süß. Nicht wie Tante Grusilla. Sie hat so buschige Augenbrauen. Und warum türmt sie ihre Haare so auf? Ihre Kleider sehen aus, als ob sie aus einem Geschichtsbuch kommen. Und sie riecht auch so ... nach toter Maus. Wir müssen uns irgendwo verstecken und nie wieder auftauchen, so wie Tante Grusillas

Kind. Ich wette, das ist weggelaufen, weil es das Essen nicht vertragen hat.«

»Oder weil es auf dem Speicher eingesperrt war, bei den Ratten.« Und da – genau in dem Moment, als das Wort »Ratten« über meine Lippen kam – hörten wir das Geräusch über unseren Köpfen.

Tck-tck-tck. Tck-tck-tck-tck. Dann eine Pause, und es ging von Neuem los. Tck-tck-tck. Tck-tck-tck.

Martha zog Mums blaue Jacke enger um sich. »Ich fürchte mich nicht vor Ratten«, behauptete sie. »Aber meine Dinos vielleicht – also wenn es so große Ratten sind ... solche mit gelben Zähnen und einem kahlen Schwanz.«

Caramel drehte an ihren Perlen. »Das ist keine Ratte.« Sie biss sich auf die Lippen. »Das ist der Totengräberkäfer. Ein Vorzeichen ... ein böses Omen. Es bedeutet, dass der Tod im Haus ist.«

»Wessen Tod?«, fragte Martha.

»Deiner«, sagte ich zu ihr, »wenn die Käfer nämlich diesen Balken durchnagen. Dann fällt die Decke auf dich drauf, so wie auf Caramels Granny. Das ganze Haus kommt runter. Hast du nicht gelesen, was über dem Tor steht? *Die Mauern zerbröckeln, Stein um Stein.*«

»Stimmt doch gar nicht«, widersprach Martha. »Da steht, dass ein echter Bone am Leben sein muss, was ja der Fall ist.

Also nicht Großtante Grünschimmel – die ist keine geborene Bone, sie hat nur einen geheiratet –, sondern wir vier: Onkel Dandelion, du, ich und der Wurm. Onkel Dandelion ist superalt, also wenn hier jemand stirbt, dann er.«

»So läuft das aber nicht«, sagte ich. »Oder glaubst du vielleicht, alle würden sich schön brav hintereinander anstellen und darauf warten, dass sie an die Reihe kommen? Obwohl ... Tante Grusilla hat gesagt, dass Onkel Dandelions Zustand äußerst kritisch ist.«

»Ich wette, dem fehlt gar nichts«, schnaubte Martha. »Der bleibt einfach in seinem Turm sitzen, damit er Pokiss' Essen nicht runterwürgen muss. Wahrscheinlich lässt er sich durch einen Geheimgang chinesisches Essen von Foodora bringen. Wetten, der stopft sich gerade mit Frühlingsrollen und gebratenem Reis voll?«

Musste sie unbedingt von Frühlingsrollen anfangen? Mein Magen grummelte wie verrückt. »Meint ihr, es gibt hier überhaupt Geheimgänge?«, sagte ich, um meine Gedanken vom Essen abzulenken. »Das ist doch ein sehr altes Haus. Könnte ja sein.«

Wir hatten die Schokolade restlos verputzt. Caramel hatte das Papier geglättet und einen kleinen lila Vogel daraus gefaltet.

»Das ist eine Ente«, sagte Martha.

Caramel schüttelte den Kopf. »Das ist ein Kranich. In China

und Japan gilt er als Glücksbringer und verheißt ein langes Leben. Und das werden wir auch haben«, sagte sie energisch. »Morgen frage ich eure Tante nach meinem Bike.« Caramel liebte ihr Motorrad über alles. Es durfte auf keinen Fall in der Shakespeare Road zurückbleiben und deshalb hatte sie es in einem Transporter vorausgeschickt. »Es muss hier irgendwo sein. Und morgen fahre ich in die Stadt und kaufe uns was Anständiges zu essen. Wir haben nichts zu befürchten, solange wir nicht Pokiss' Fraß runterwürgen müssen.«

Martha schmiegte sich an sie. »Du lässt uns nicht allein, Caramel, oder?«

»Natürlich nicht, Dummerchen.« Caramel drückte sie kurz. »Ich gehe nirgends hin. Versprochen.«

Kapitel Vier

Am nächsten Morgen war Caramel verschwunden.

»Aufwachen!«, rief jemand und schüttelte mich. Meine Nase zuckte. Es roch irgendwie so vertraut nach Blumen.

Mum?

Ich riss die Augen auf. *Martha.* Immer noch in Mums Jacke, die sie über ihrem Nachthemd anhatte. »Wach endlich auf!«

Der kleine Glücksfunke in mir zischte frustriert und ging aus. Ich kniff die Augen wieder zu. Ich hatte eine Ewigkeit gebraucht, um überhaupt einzuschlafen. Obwohl ich die Vorhänge um das Bett herum zugezogen hatte, damit ich die Rüstung nicht sehen musste. Ich hatte nämlich das dumpfe Gefühl, dass Sir Lyon de Beaunes Geist nur darauf wartete, dass ich endlich einschlief, damit er mir den Kopf mit seiner Löwenpranke zertrümmern und mein Gehirn über das ganze Kissen verspritzen konnte. Dann merkte ich, dass der unsichtbare Robo-Vorfahre, der mir durch den Kopf spukte, noch gruseliger war. Also zog ich die Vorhänge wieder auf, denn solange ich die Rüstung im Auge behielt, konnte er sich nicht von der Stelle rühren.

Ahornwickler. Brombeerspinner. Chinesischer Schwalbenschwanz. Dungkäfer. Erdhummel. Fächerflügler. Gartenhaarmücke. Andere Leute zählen Schafe, wenn sie nicht einschlafen können. Aber wenn man Entomologen als Eltern hat, zählt man eben Insekten. Was fing mit einem I an? Ich musste eingeschlafen sein, während ich noch immer nach einem Insekt mit I suchte.

»Iberisches Schachbrett«, murmelte ich. »Juchtenkäfer ...«

»Dan, wach auf! Wach doch mal *richtig* auf!« Martha bearbeitete mich mit den Fäusten. »Caramel ist fort. Ich hab sie gesucht, aber sie ist nirgends!«

»Was?« Mein Kopf fühlte sich an wie Watte. »Wie spät ist es?«

»Die schlafen alle noch. Sogar der Wurm. Ich bin in Caramels Zimmer raufgegangen, um nachzusehen, ob sie schon wach ist, aber sie ist weg!«

»Sie kann nicht weit sein. Wahrscheinlich ist sie im Bad.« Ich gähnte ausgiebig. »Hey, warte mal – was machst du da?«

Martha riss mir die Decke herunter. »Du musst sofort mitkommen und nachsehen!«

»Die Leute auf diesen Bildern sehen alle gleich aus«, stöhnte ich, als wir durch die Gänge an den Familienporträts vorbeitappten. »Sogar die Hunde sehen wie Lambkin aus.«

Martha war nicht in der Stimmung, über unsere Vorfahren zu lästern. Sie raste vor mir her die Hintertreppe hinauf, die zum Speicher und in das muffige, staubige kleine Zimmer führte, wo Caramel mit dem Wurm schlief. Das Fenster war klein, hoch und schmutzig. Eine fette Spinne hing daran, gut genährt von den vielen Fliegen, die sie hier erbeutete. Der Wurm schlief in seinem Bettchen, eingerollt wie eine Raupe in seinem grünen Schlafanzug. Caramels Bett war nur eine Matratze, die unter die Dachschräge geschoben war. Das fleckige Laken und die zerlumpte Decke, die Pokiss ihr gegeben hatte, lagen flach darüber, säuberlich festgesteckt. Es war klar, dass niemand darin geschlafen hatte.

»Sie hat sich vielleicht nur ein anderes Schlafzimmer gesucht«, flüsterte ich, um den Wurm nicht aufzuwecken. »Und das würde mich auch nicht wundern: Das Dach ist undicht.« Ich zeigte auf den feuchten Fleck auf dem Kissen. »Da regnet es rein.«

Martha schüttelte den Kopf. »Sie hätte den Wurm nie allein gelassen. Nie. Ich hab sie überall gesucht. Sie ist weg.«

Graues Morgenlicht sickerte durch die winzige Fensterluke. Eine Fliege summte gegen das Glas und kam dem Spinnennetz gefährlich nahe. Der Fenstergriff klemmte, als wäre er lange nicht mehr betätigt worden, aber nach einigem Rütteln ging er auf und die Fliege kurvte davon. Wir waren auf der Rückseite des Hauses und sahen auf Kieswege und Büsche, die wie Fliegenpilze, Pfauen und Schachfiguren geformt waren. Dahinter ragte das Kuppeldach eines ziemlich eindrucksvollen Gebäudes auf. Die hohen Glaswände waren in ein Stützwerk aus funkelndem Markasit eingelassen. Kein Vergleich zu dem baufälligen Gewächshaus, in dem Dad zu Hause an seinen Pflanzenkübeln herumpfuschte. In dieser Kuppel hätte die ganze Shakespeare Road 32 mühelos Platz gefunden.

Hinter dem Glashaus lag ein Irrgarten – so einer mit hohen Hecken, in denen man sich hoffnungslos verlaufen kann. Von hier oben, aus meiner Vogelperspektive, konnte ich voll in die Mitte sehen. Während Martha Schubladen auf- und zuknallte, versuchte ich mir den Weg dorthin auszuarbeiten. Ich glaubte gerade die Lösung gefunden zu haben, als ich aus dem Augenwinkel eine Bewegung wahrnahm.

Wie aus dem Nichts tauchte mitten im Irrgarten eine merkwürdig gekleidete Gestalt mit einem Dreispitz-Hut und hohen Stiefeln auf. Dann ein blau-goldener Blitz und ein großer Vogel segelte über die Hecken und landete auf ihrer Schulter.

Ich blinzelte. »Martha – da draußen ist jemand.« Vor Aufregung vergaß ich zu flüstern. »Er hat sich als Pirat verkleidet. Mit Papagei und allem Drum und Dran.«

Martha hörte nicht zu. »Oh, Mist! Caramels ganze Sachen sind weg!« Sie knallte die letzte Schublade zu. »Nicht mal Schokolade ist da. Und wo sind ihre ganzen Glücksbringer?«

Ich drehte mich um. Das war ein Ernstfall. Caramel hatte immer einen großen Vorrat an Amuletten dabei, falls die in ihre Haut eintätowierten Schutzzauber nicht ausreichten: ein gebrauchtes Hufeisen, die Grinsekatze mit der winkenden Pfote, einen Zweig Hexenheide, einen Stein mit einem Loch drin, ihren Glückskristall, einen Ahornsamen gegen Blitzschlag und einen Knoblauchzopf gegen Vampire. Wir hatten gestern Abend mit eigenen Augen gesehen, wie sie alles angeordnet hatte. Und jetzt war nichts mehr da.

»Das hat diese grässliche Pok-Zisch genommen!«, stieß Martha wütend hervor.

»Aber das wissen wir doch gar nicht«, wandte ich ein.

»Klar wissen wir das«, beharrte Martha. »Du hast doch gesehen, wie sie Caramels magisches Auge angestarrt hat. Sie ist zusammengezuckt, als wäre sie gebissen worden. Dan, was haben die mit Caramel gemacht?«

Das wusste ich leider auch nicht. Aus dem Gitterbett kam ein Quäken. Der Wurm war aufgewacht. Ich beugte mich über das Gitter und schnupperte. Dann sah ich Martha an.

»Vergiss es.« Sie schüttelte so energisch den Kopf, dass ihr die Haare ins Gesicht flogen. »Kommt nicht infrage, dass ich ihm die Windeln wechsle. Du bist der Ältere. Also mach.«

Babys müffeln manchmal und manchmal auch nicht. Ich war kein Windelexperte – woher sollte ich wissen, was zwischen Nicht-Müffeln und Müffeln zu tun war? Vor Caramels Zeit hatte Dad sich hauptsächlich um all das gekümmert. Mum, die jeden Tag ins Museum musste, sagte immer: »Schade, dass Menschen nicht wie Insekten sind. Insektenmütter legen ihre Eier in einen Nährboden – das kann ein Blatt sein, ein verwester Fleischklumpen, ein Kackehäufchen oder manchmal sogar ein anderes Insekt – und fertig. Wenn die Babys dann ausschlüpfen, sorgen sie für sich selber.«

Während ich mit Klettverschlüssen, Watte und dem zappelnden, unkooperativen Wurm kämpfte, fiel mir etwas ein. Ein Gedanke, den ich am liebsten sofort verjagt hätte, aber ich wurde ihn einfach nicht los. »Das Problem ist«, sagte ich und griff nach der Flasche mit dem Po-Reiniger, »wir sind nicht Caramels Familie. Wir sind nur ihr Job. Sie wird dafür bezahlt, dass sie sich um uns kümmert. Jedenfalls war es bis jetzt so. Und wenn Tante Grusilla und Onkel Dandelion ihr kein Geld geben, muss sie sich einen anderen Job suchen.«

Martha starrte mich an. »Warum?«

Ich zuckte die Schultern. »Alle Erwachsenen haben einen Job. Sie brauchen Geld.«

»Wozu braucht Caramel Geld?«

»Na ja ... Schokolade.« Das war offensichtlich. »Und sie braucht doch ständig Geld, um ihr Motorrad reparieren zu lassen.«

»Ihr Bike!« Martha klatschte in die Hände. »Ohne *das* geht sie nirgends hin. Das ist doch wie ein Hund für sie. Wir müssen es suchen. Wenn es noch da ist, dann ist Caramel auch irgendwo. Komm, wir sehen gleich mal nach.«

»He, warte doch ...« Aber Martha war bereits fort. Ich hörte ihre Schritte im Gang und dann auf der Treppe.

Ich nahm den Wurm auf den Arm, drehte mich zum Fenster und warf einen letzten Blick auf den Irrgarten. Er war leer. Unter meinem Fuß knirschte etwas: eine von Caramels blauen Perlen mit dem aufgemalten magischen Auge. Ich bückte mich und hob sie auf.

Als ich herunterkam, war Martha schon an der Eingangstür und zerrte an den schweren Messinggriffen herum.

»Mist! Diese bescheuerte Tür geht nicht auf!« Wütend trat sie dagegen.

»Wie denn auch«, sagte ich. »Guck mal – verriegelt.«

Der untere Riegel war kein Problem. An den oberen kamen wir nicht heran. »Du musst mich huckepack nehmen«, verlangte Martha.

Ich parkte den Wurm in einem Sarg in der Nähe und wappnete mich gegen Marthas Gewicht, als sie auf meine Schultern sprang. »Autsch ... bist du schwer!«

»Ich komm immer noch nicht ran. Du musst dich auf die Zehenspitzen stellen. Du bist zu klein, Dan. Kannst du nicht endlich mal wachsen?«

Wütend fauchte ich zurück: »Das musst gerade du sagen – wer von uns beiden ist viel zu klein für sein Alter? Wachs doch selber mal!«

»Hör auf zu wackeln«, beschwerte sich Martha. »Ich kann nichts machen, wenn du wackelst.«

»Tssss ...«

Ein kalter Hauch streifte meine Wange. Erschrocken fuhr ich herum und verlor prompt das Gleichgewicht. »Auaaaa!« Wir krachten voll auf den Boden, ein hilfloses Knäuel aus Armen und Beinen.

Pokiss stand über uns in einem gestreiften Männerpyjama. Meine Nase war nur ein paar Zentimeter von ihren Füßen entfernt. Ich starrte auf ihre Zehen, konnte einfach meine Augen nicht davon losreißen. Pokiss hatte keine Zehennägel. Nur kleine Schneckenwürste, die aus ihren Pantoffeln hervorlugten.

»Sind das Einbrecher, Pokiss?«, rief Tante Grusilla von der Galerie herunter. Im langen Nachtgewand und einer Nachthaube, die unter ihrem Kinn geknotet war, ragte sie über uns auf wie eine große weiße Kumuluswolke.

»Keine Einbrecher. Pygmäen. Ausssreissser«, gab Pokiss zurück.

»Wo ist Caramel?«, fragte Martha. »Was habt ihr mit ihr gemacht?«

»Sprichst du etwa von diesem seltsamen Kindermädchen?«, sagte Tante Grusilla. »Die ist fort. Ziemlich abrupt, ihr Abgang, nicht wahr, Pokiss? Aber so ist es am besten. Ich meine, was für ein bizarres Geschöpf! Das ist wohl kaum der richtige Umgang für unschuldige Kinder.«

»Natürlich ist sie das«, fauchte Martha sie an. »Viel mehr als du!« Ich konnte sehen, dass in Martha einer ihrer legendären Wutanfälle hochkochte – wie Wasser in einem Kessel. Marthas Anfälle sind gefürchtet. Sie heult nicht, sondern schreit und stampft mit den Füßen, dass die Wände wackeln. Deshalb kriegt sie am Ende auch meistens, was sie will. »Und es ist überhaupt nicht am besten so, damit du es weißt! Was Schlimmeres hätte uns gar nicht passieren können!« Martha brüllte inzwischen aus vollem Hals und hämmerte gegen die Tür. »Lasst mich raus! Ich will nach Hause – ich will zu Caramel!«

»Pokiss zählt jetzt bis zehn«, sagte Tante Grusilla kühl. »Und wenn du dann immer noch so viel Lärm machst, wirst du in dein Zimmer eingesperrt. Regle du das, Pokiss, ich bekomme Kopfschmerzen davon.« Angewidert walzte sie davon, den kläffenden Lambkin an ihren Fersen.

»Eins, zwei, acht, neun, zzzehn«, mogelte Pokiss. Sie packte Martha am Ohr und stieß meine brüllende, wild um sich tretende Schwester die Treppe hinauf. »Pygmäe kreischt so laut, dass die alten Bones-Knochen rattern. Wird noch die Toten aufwecken, das bössse Kind. Tss tsss …« Ihr Zischen klang wie ein angepikster Fahrradreifen, aus dem die Luft entwich. Anscheinend sollte es ein Lachen sein. »Und das kannst du nicht wollen, hihi. Nicht hier …«

Der Lärm hatte den Wurm aufgescheucht. Er war bis ans Fußende des Sargs gerobbt und streckte hoffnungsvoll seine Ärmchen nach der nächstbesten Ritterrüstung aus.

»Den musst du nicht anbetteln«, sagte ich und schaute auf die blinkende Axt in der Eisenhand. Dann schnappte ich mir den Wurm und brachte ihn schnell in Sicherheit. »Der hilft dir garantiert nicht.«

Oben hörte ich Martha in ihrem Zimmer herumtoben, gegen die Möbel treten und nach Caramel schreien. Pokiss stand gebückt vor ihrer Tür, ließ den Schlüssel in ihre Pyjamatasche gleiten und machte ein Gesicht, als hätte sie gerade einen besonders lästigen Moskito in ein Glas gesperrt, ohne die Absicht, ihn jemals wieder freizulassen.

»Ah, das Erbchen«, gackerte sie, als sie mich sah. »Erbchen-Zwergchen von echtem Bone-Geblüt.«

Ich wollte nicht mit ihr reden, aber ich hatte Hunger und

wo sollte ich jetzt Essen herbekommen, nachdem Caramel fort war? »Was ist mit Frühstück?«

»Porridge ist«, sagte Pokiss wenig hilfreich. »Aber nur, wenn du nicht zu spät kommst.«

Als der Gong eine halbe Stunde später durchs Haus dröhnte, war ich fertig angezogen. In Marthas Zimmer war es so still geworden, dass ich an die Tür klopfte. Es kam keine Antwort und ich spähte durchs Schlüsselloch.

»Bist du okay?«

»Geh weg!«, knurrte Martha. Also packte ich den Wurm und ging mit ihm die Treppe hinunter zum Frühstück.

Die Lilien im Esszimmer waren verwelkt, vermutlich hatten sie Marthas Suppe beim Abendessen nicht vertragen. Tante Grusilla saß am Kopfende des Tischs und begutachtete sich in einem silbernen Handspiegel. Pokiss stand hinter ihr, einen Kamm in der Hand und einen Haufen Nadeln im Mund, und steckte ein Gebilde aus silbernen Gabeln und Teelöffeln in Großtante Grusillas Haar fest. Das Ganze war von einem Büschel Pfauenfedern gekrönt.

»Dandelion!« Tante Grusilla winkte mir mit dem Spiegel zu. »Ich beende gerade meine Morgentoilette. Du kannst dich gleich mal nützlich machen.« Sie hielt mir ein juwelenbesetztes Kästchen hin.

Ich öffnete den Deckel und starrte auf die kleinen Fellstreifen hinunter, die wie Ölsardinen darin eingequetscht waren.

»Pokiss macht mir meine Augenbrauen. Aus Mäusefellen. Hübsch, nicht wahr?«, sagte Tante Grusilla. »Du darfst welche für mich aussuchen – aber achte darauf, dass sie auch zusammenpassen.« Ich musste ihr den Spiegel hinhalten, während sie die Augenbrauen anklebte. »Und jetzt mein Rouge, Pokiss.«

»Sehr lebendig heute«, bemerkte Pokiss und schob ihr eine Schale voll winziger Käfer hin, die wild übereinanderkrabbelten, um an den Rand hochzukommen.

»Nicht mehr lange.« Tante Grusilla nahm einen schweren Marmorstößel in die Hand.

»Oh, nein, bitte nicht!«, rief ich. »Die armen Käfer …«

Aber es war zu spät. Die Tierchen waren bereits zu einer roten Paste zermalmt und Tante Grusilla rieb sie sich mit einer Quaste, die verdächtig nach der Pfote eines ermordeten Kaninchens aussah, auf ihre Hängebacken. »Da«, sagte sie und bewunderte das Ergebnis im Spiegel. »Was sagst du, Dandelion?«

Ich öffnete den Mund, klappte ihn aber schnell wieder zu. Mir fehlten einfach die Worte.

»Dem hat'sss die Sprache verschlagen«, kicherte Pokiss.

»Zu meiner Zeit, als ich noch eine junge Frau war«, sagte Großtante Grusilla verträumt, »fehlten den Männern auch oft die Worte. Sie waren sprachlos vor Staunen über meine Schönheit. Setz dich und iss dein Frühstück, Dandelion. Pokiss kümmert sich um den Säugling.«

Aber als Pokiss ihre achteinhalb Knochenfinger ausstreckte, klammerte sich der Wurm erschrocken an mich und ich drückte ihn ganz fest an meine Brust.

Du passt auf die beiden auf, Dan, nicht wahr? Versprich es mir!, hallte Mums Stimme in meinem Kopf wider. Das hatte sie beim Abschied auf dem Flughafen unter dem Schild »Abflughalle« zu mir gesagt.

Ich hatte es versprochen, ohne groß nachzudenken. So schwer konnte das doch nicht sein? Mum und Dad waren ja nur ein paar Wochen weg und ehrlich gesagt hatte ich mich darauf verlassen, dass Caramel die meiste Arbeit erledigen würde. Wer denkt schon an KANNIBALEN? Oder dass Caramel einfach spurlos verschwinden könnte? Eine winzige Sekunde lang stieg Wut in mir auf. *Ich bin elf, was erwartet sie von mir?* Die meiste Zeit schafften es ja nicht mal Mum und Dad, Martha zu bändigen. Und woher sollte ich wissen, wie man ein Baby versorgt? Das einzige Geschöpf, um das ich mich jemals ganz allein gekümmert hatte, war eine Stabschrecke gewesen. Aber egal – versprochen ist versprochen.

Ich schluckte und sah Tante Grusilla in die Augen. »Ein Bone hält sein Wort«, beharrte ich.

»Ich hoffe, du entpuppst dich nicht als eigensinnig.« Tante

Grusilla runzelte die Stirn. »So wie deine Eltern. Es hat ihnen nicht gutgetan. Sie hätten auf mich hören sollen, als ich ihnen vorgeschlagen habe dich zu adoptieren.«

»Adoptieren? Mich?« Ich starrte sie an. »Warum das denn?«

»Daundelyon Hall zuliebe natürlich. Das Schloss braucht einen Erben. Ich habe ihnen Geld geboten, Gold und Edelsteine, was immer sie haben wollten. Deine Mutter hätte ein prächtiges Diamantkrönchen für dich bekommen – damit könnte man eine Königin freikaufen. Und was sagt diese dumme Frau? Dass sie sich niemals von euch trennen würde, um nichts auf der Welt.«

Aber darin hatte Mum sich getäuscht. Den Kannibalen war es am Ende doch gelungen, sie von uns zu trennen.

»Ich glaube, als Entomologin läuft man nicht so oft mit einem Diamantkrönchen herum«, wandte ich ein, während Pokiss eine Schale vor mich hin knallte. Ich starrte auf die Pampe darin, die wie Tapetenkleister aussah, gespickt mit ein paar dunklen Rosinen. Einige der Rosinen hatten Flügel. Und eine summte noch. Ich holte sie mit meinem Löffel heraus und setzte sie auf den Rand der Schale. Die Fliege putzte sich und schoss davon.

Tante Grusilla schaufelte gierig Fliegenmus in sich hinein, bis sie plötzlich wütend grunzte und etwas Schwarzes, Stachliges aus ihrer Schale angelte.

»Meine Wimpern fallen ständig ab, Pokiss«, beschwerte sie sich. »Diese Spinnenbeine taugen nichts!«

»Die wären auch lieber an den Spinnen geblieben«, murrte Pokiss. »Beine sind Beine, und Wimpern sind Wimpern. Tss-sollte man nicht verwechseln. Kleben Sie sich an, was immer Sie wollen – einen Frosch kann man nicht in eine Kaulquappe zurückverwandeln.«

»So ein Humbug!«, fauchte Tante Grusilla. »Man kann alles, wenn man sich nur genügend anstrengt. Komm her, Dandelion, und halte mir den Spiegel.«

Nachdem Pokiss die Spinnenbeinwimpern mit einem Klecks übrig gebliebenem Porridge wieder angeklebt hatte, räumte sie meine Schale ab, obwohl sie noch halb voll war.

»Du hast ja nicht viel Appetit«, klagte Tante Grusilla. »Wie soll er denn groß und stark werden, wenn er nicht isst! Hab ich nicht recht, Pokiss?«

»Na, sselbst *wenn* er isst. Tsss tsss …« Pokiss ließ wieder Luft ab – das heißt, sie lachte.

»Frische Luft und Bewegung«, entschied Tante Grusilla. »Genau das braucht er jetzt. Wir müssen dich bei allerbester Gesundheit halten, Dandelion. Ist nicht mehr lange bis dahin.«

»Bis wohin?«

»Na, der Abend vor Allerheiligen.« Pokiss grapschte nach

meiner Hand und kniff mich in die Finger, so wie Boy, als er uns abgeholt hatte. Ihre Berührung war kalt und glitschig und ich riss schaudernd meine Hand weg.

»Halloween?« Mein Herz zog sich vor Heimweh zusammen, als ich an meine früheren Halloween-Abende dachte und wie ich mit Chris und Ryan von Nummer 29 um die Häuser gezogen war. Letztes Jahr hatte Mum mich gezwungen Martha mitzunehmen. Und Martha hatte einen Riesenwirbel wegen ihrem Hexenkostüm gemacht. Dabei schafften wir es kaum ans Ende der Straße, bis sie über ihren Besenstiel stolperte und hinfiel. Aber sie weinte nicht, das muss man ihr lassen, nur ihre Nase hörte nicht zu bluten auf. Ryan lieh sich ein bisschen Blut von ihr für sein Zombiekostüm, damit es nicht komplett verschwendet war. Und wir bekamen mehr Süßigkeiten als jemals zuvor. Dieses Halloween, befürchtete ich, würde nicht besonders lustig werden ...

»Lauf und spiel draußen«, befahl Tante Grusilla mir. »Aber geh nicht über die Zugbrücke und wage es nicht, in die Nähe der Glaskuppel zu kommen.«

»Und was ist mit Martha?«, fragte ich.

»Frische Luft ist ungesund für Mädchen. Die müssen schön blass und zart gehalten werden«, belehrte Tante Grusilla mich. »Deine Schwester bleibt in ihrem Zimmer, damit sie über ihre Fehler nachdenken kann.«

Dass Martha brav im Zimmer saß und über ihre Fehler nachdachte, konnte ich mir nicht wirklich vorstellen. Wahrscheinlich las sie *Berühmte Mörder* oder spielte *Robin Rabbit* auf dem nächsten Level. Aber das sagte ich natürlich nicht.

Ich wollte wieder an Marthas Tür klopfen, aber dann merkte ich, dass ich die Windel des Wurms nicht richtig zugeklebt hatte und sie praktisch explodiert war. Es dauerte eine Weile, bis ich das alles wieder in Ordnung gebracht hatte, und dann fand ich Pokiss vor Marthas Zimmertür, wo sie auf einem niedrigen Holzschemel hockte wie eine bösartige Spinne. Eine Kerze flackerte neben ihr und war schon fast bis auf den Untersetzer heruntergebrannt. Mit gesenktem Kopf wisperte Pokiss vor sich hin, während sie an einem Wachsklumpen herumdrückte und eine kleine bleiche Gestalt daraus knetete.

Dann sah ich, wie sie ein Nadelkissen aus ihrer Schürzentasche zog.

»Tsss …« Etwas Silbernes blitzte auf und sie rammte die Nadel in die Beine der Wachspuppe.

Ich starrte die Puppe an, dann Pokiss.

Voodoo?

»Auaaa!«, schrie Martha hinter der Tür.

Pokiss starrte mit ihren wässrigen Augen zurück, ohne zu blinzeln. In mir stieg Wut auf.

»Stopp!«, befahl ich ihr. »Lassen Sie gefälligst meine Schwester in Ruhe!«

Ich wühlte in meiner eigenen Tasche und bekam Caramels blaue Perle zu fassen, die ich zwischen Daumen und Zeigefinger in die Luft hielt.

»Tsss ...« Pokiss schrumpfte merklich zusammen, als sie wieder Luft abließ, und das Nadelkissen fiel ihr aus den Fingern. Ich stürzte mich darauf, schnappte es und wich rückwärts durch den Gang zurück, während ich die Perle vor mir hochhielt wie eine Waffe, bis ich um die Ecke war. Dann, ich gebe es zu, wirbelte ich herum und rannte.

Kapitel Fünf

Ich setzte den Wurm in seinen Buggy und schob ihn um das Haus herum. Mir schwirrte der Kopf von allem, was gerade passiert war. Martha hatte sich irgendwo angestoßen, redete ich mir ein, genau in dem Moment, als Pokiss die Nadel in die Wachspuppe gerammt hatte. Nur ein dummer Zufall, sonst nichts. Ich meine, wer glaubt denn schon an Voodoo? Ich hielt noch das Nadelkissen in der Hand, eine Kugel aus Stoff, die zu einem hässlichen kleinen Kopf mit stachligem Nadelhaar und glotzenden Knopfaugen geformt war. Schaudernd steckte ich das Ding in die Tasche.

Plötzlich stand ich am Eingang des Irrgartens und überlegte, ob ich es in die Mitte schaffen würde. Und würde ich dort den geheimnisvollen Fremden mit dem Dreispitz antreffen?

Ich rief mir den Weg in Erinnerung, den ich am Speicherfenster ausgearbeitet hatte. Erst links, dann die Zweite rechts. Dann die Erste rechts, die Zweite links. Oder war es die Zweite rechts und die Erste links? Ich wusste es nicht mehr. Die wuchernden Hecken zu beiden Seiten waren düster und abweisend, sie rückten bedrohlich näher, schlugen mit ihren Zweigen nach uns und ließen kein Licht durch. Der Wurm wimmerte, strampelte mit seinen dicken Beinchen und zerrte an den Buggygurten. Das war ein guter Vorwand für mich, die Biege zu machen und zurückzugehen, ehe wir uns noch hoffnungslos verirrten.

»Na komm«, sagte ich zu ihm. »Wir sehen uns mal das Fallgitter an.«

Ich parkte den Buggy im Torbogen, dann stand ich da und starrte zu den geschwärzten Eisenzähnen hinauf, die über unseren Köpfen hingen. Wann waren sie wohl zum letzten Mal heruntergekracht, um Daundelyon Hall vor einem Feind zu schützen?

»Da würd ich mich nicht hinstellen, wenn ich du wär.«

Boy stand auf der Zugbrücke, einen Strauß Wiesenblumen in der Hand. Er trug einen schäbigen schwarzen Anzug und einen Zylinder auf dem Kopf. Der Hut war zu groß und hing schief über einem Auge. Außerdem sah er ein bisschen zerknautscht aus, als hätte sich jemand draufgesetzt.

»Funktioniert das noch?«, fragte ich und schaute zu dem Fallgitter hoch.

»Ha! Spießt dich auf wie 'ne Erbse auf die Gabel, wenn's sein muss.« Der alte Mann unterstrich seine Worte mit einer vielsagenden Handbewegung. Mehrere Blütenblätter fielen von seinem Strauß ab.

Ich wich einen Schritt zurück, um außer Reichweite der Zähne zu kommen, und fiel dabei fast von der Zugbrücke herunter.

»Das würd ich an deiner Stelle auch nicht machen.« Boy blinzelte mich mit seinen Schildkrötenaugen an. »Der Fluss führt Hochwasser, der is schnell und wild und schäumt wie 'n tollwütiger Hund. Es regnet seit Michaeli und da kommt noch mehr. Das is 'n Zeichen, Junge: Wenn die Kuhschwänze nach Osten weisen, steigt der Fluss an. Und dann wird das Verlies überschwemmt.«

»Was? Hier gibt es ein Verlies?« Ich schaute zum Schloss zurück. »Wo denn?«

Aber der alte Mann schüttelte den Kopf. »Da kommt Wasser rein«, brummte er nur. »Wäscht die alten Knochen so weiß wie Schnee.« Ohne Vorwarnung packte er mich am Handgelenk, dass ich zurückzuckte, und schaute auf meine Uhr. Mum und Dad hatten sie mir zum elften Geburtstag geschenkt. Sie war wasserdicht, mit Wecker, Stoppuhr, Licht und einem Knopf, der die Zeit auf der anderen Erdhälfte anzeigte. Boy stieß seinen Hut zurück, beugte sich über mein Handgelenk und bog es hin und her.

»Hehe, sieh mal an ...«, murmelte er. »Eine winzig kleine Uhr an 'nem Arm. Was werden sie sich noch alles einfallen lassen?« Er warf mir einen misstrauischen Blick zu, als wäre es ein Trick von mir. »Und die sagt dir die Zeit, wenn du sie fragst?«

Ich nickte. »Zehn Uhr dreiundfünfzig. Hier, sehen Sie?«

Boy richtete sich ruckartig auf und sog scharf die Luft ein. »Bessies Beerdigung! Wird Zeit, dass ich die Gäule fein mache.«

Ich hatte keine Lust, noch länger unter den Eisenzähnen rumzuhängen, aber ehe ich umkehrte, um Boy zu folgen, warf ich Pokiss' Nadelkissen weg. Mit einem letzten Blick auf die bösen Knopfaugen schleuderte ich es ins Wasser und beobachtete die Ringe, die sich bildeten, als es unterging. Okay, man soll nichts in Flüsse werfen, schon klar – ist nicht nett den Fischen gegenüber –, aber ich wollte dieses Ding nicht in meiner Tasche haben. Ich bekam Gänsehaut davon.

Als die Wasserringe verschwunden waren, folgte ich Boy zum Stallblock, wo Midnight, Ebony, Raven und Death in ihren Laufboxen herumstampften.

Ich setzte mich auf einen Heuballen und schaute zu, wie der alte Mann die Pferde striegelte, bis sie glänzten, und beruhigend mit ihnen redete, während er ihre Mähnen und Schweife kämmte. Zum Schluss legte er ihnen die Zügel mit den schwarzen Trauer-Federbüschen an.

»Sieht super aus«, sagte ich.

»Aye, Bessie würd es gefallen.« Death schnaubte, dass sein Federbusch nickte, und Boy tätschelte ihm den seidigen Hals. Er stieß einen Laut aus, halb Keuchen, halb Seufzen, und sagte: »Die Zeit is wie 'n glitschiger Fisch. Is ja kaum 'n Wimpernschlag her, als ich selber noch so klein war wie deine Schwester. Wo is 'n die kleine Miss heute?«

»In ihrem Zimmer«, sagte ich. »Sie darf nicht raus.«

»Ah, is das so?« Er warf mir einen scharfen Seitenblick zu. »Bei dem anderen kleinen Mädel war's dasselbe, damals, in der alten Zeit. Miss Jacobina.«

»Ist das Grusillas Tochter?« Ich dachte an den Säugling, der auf dem Speicher leben musste, bis er gelernt hatte, dass man nicht weinen durfte. »Was ist mit dieser Jacobina passiert?«

»Das weiß kein Mensch.« Boy wühlte in seinen Taschen, zog einen Zuckerwürfel hervor und gab ihn Raven. Death wurde eifersüchtig, stieß sein Maul gegen den Hut des alten Mannes und warf ihn auf den Boden. Boy hob ihn auf, klopfte das Heu ab und hängte ihn an einen Nagel. »Die haben sie auch nicht oft vor die Tür gelassen. Hab immer ihr kleines Elfengesicht am Speicherfenster oben gesehen, so blass und zart wie 'n Gänseblümchen. Na, und eines Tages war sie fort – is angeblich mitten in der Nacht durchgebrannt. Tja ... das alles is Schnee von gestern. Kann jetzt nich länger hier rumstehn und die Zunge wetzen. Bessie muss rechtzeitig in die Kirche kommen.«

Er führte Midnight und Ebony zu der wartenden Kutsche hinaus, als ein lautes Kraah-Kraah, begleitet von wildem Flügelschlagen, uns zusammenzucken ließ. Ein großer schwarzer Vogel flatterte vorbei und strich über das Kutschendach. Dann kreiste er nach oben und landete auf den Zinnen des alten Turms. Die Pferde wieherten und stampften mit den Hufen, dass die Luft davon widerhallte.

»Widerliches Flappdings«, brummte Boy und packte Midnights Halfter fester. »Die folgen immer den Särgen. Picken einem die Knochen ab, ehe man Piep sagen kann. Kein Respekt vor den Toten.«

Ich schaute auf die bröckelnden Zinnen, dann auf den Schutthaufen zu unseren Füßen. »Der Turm stürzt ein«, sagte ich. »Und das ganze Haus.«

»Nei-hei-hi-hin.« Boy wieherte wie eines seiner Pferde. »Nu nich mehr. *Ein Bone muss allzeit am Leben sein oder die Mauern zerbröckeln, Stein um Stein*«, trug er mit singender Stimme vor. »Die Steine bleiben, wo sie sind, jetzt, wo der Erbe da is.«

»Was? Ich?«, sagte ich. Es war ein unheimlicher Gedanke, dass ich allein für die Erhaltung dieses alten Gemäuers verantwortlich sein sollte. »Aber es ist doch schon ein echter Bone im Haus! Ich meine, was ist mit Onkel Dandelion?«

»Das war nicht meine Schuld!«, stieß Boy heftig hervor. Er war plötzlich ganz aufgeregt. »Ich darf nich drüber reden, frag mich also nicht danach, Master Dandelion. Aber es war nicht meine Schuld, auch wenn Ihre Ladyship das behauptet. Der Pudding war's, der hat ihn aufm Gewissen.«

»Was für ein Pudding?«, fragte ich verwirrt. »Und was war nicht Ihre Schuld?«

Boy schnalzte mit der Zunge in Richtung Death, der Ravens Federbusch aufzufressen versuchte. »Dieser böse, gierige Hallowirsing«, brummte er. »Un die anderen sind jetzt alle eingeschnappt ... lassen die Köpfe hängen und werfen ihre Blätter auf 'n Boden. Aber ich weiß, was ihnen fehlt. Wonach sie hungern. Hab sie schließlich vom Keimling an aufgezogen, die sind wie mein eigen Fleisch und Blut. Ich weiß, was sie wollen, aber ich geb's ihnen nich – da kann Ihre Ladyship sagen, was sie will.«

Mir schoss der Gedanke durch den Kopf, dass Tante Grusilla vielleicht recht hatte: Boys Gehirn war wirklich zu Brei geworden. Ich dachte an meine Biostunden und Miss Drupes Nahrungsketten. Pflanzen standen am untersten Ende. Wirsing wurde von Schnecken gefressen, und Schnecken von Vögeln, Vögel von Katzen, und Katzen von ... In meinem Kopf blitzte die Kätzchennudelsuppe auf und mir wurde leicht übel.

Boy legte seinen Blumenstrauß auf den Sarg, dann sprang er auf den Kutschbock. »Kein Hut«, brummte er und patschte sich auf den Kopf. »Aber na ja, muss auch so gehen.«

»Ich hole ihn«, bot ich ihm an.

Der Zylinder hing noch an dem Nagel im Stall, wo Boy ihn gerade hingehängt hatte. Eine graue Katze tauchte aus dem Nichts auf und kratzte träge ihre Flohstiche in einer leeren Laufbox. Hinter ihr lehnte eine Mistgabel an der Wand, direkt neben einem großen Heuhaufen. Als die Katze merkte, dass ich sie beobachtete, stand sie auf und stolzierte davon. Ich schaute ihr nicht nach, meine Augen waren wie gebannt auf den Heuhaufen gerichtet. Ich hatte etwas darin glitzern sehen – glänzend rotes Metall. War das vielleicht ein Lenker, der da an der einen Stelle herausragte? Ich sah genauer hin und entdeckte die Überreste einer Reifenspur auf dem Boden. Mein Herz schlug schneller und mir lief es kalt den Rücken runter.

Nicht besonders sorgfältig versteckt, das blitzende Ding.

Es war Caramels Motorrad.

»Was ist mit Caramel passiert? Wo ist sie?«

Boy streckte die Hand nach seinem Zylinder aus, aber ich ließ den Hut nicht los. Zuerst wollte ich eine Antwort von ihm.

»Ihr Bike ist da drin. Und ohne ihr Motorrad geht sie nirgends hin. Also, wo ist sie?«

Boy wich meinem Blick aus. Die Pferde tänzelten nervös, als er mit seiner knotigen Hand an den Zügeln zerrte. »Ich bin nur 'n alter Mann«, murmelte er. »Uralt, wie 'n verwitterter Grabstein, der mit Moos und Distelwolle zugewuchert is. Was weiß denn ich schon? Und jetzt gib mir meinen Hut, Master Dandelion«, flehte er, »sonst kommen wir zu spät zu Bessies Beerdigung.«

Es war zwecklos: Ich würde kein vernünftiges Wort aus ihm herausbekommen. Also ließ ich den Hut los, Boy knallte ihn auf seinen Kopf, schüttelte die Zügel und die Pferde trabten davon.

Ich musste Martha sagen, dass ich Caramels Motorrad gefunden hatte, und zwar so schnell wie möglich. Wenn Pokiss immer noch ihre Tür bewachte, musste ich irgendwie einen Zettel reinschmuggeln.

Aber von Pokiss keine Spur, genauso wenig wie von Martha. Die Tür stand sperrangelweit offen: Ihr Schlafzimmer war leer.

»Martha?« Ich warf einen Blick in mein eigenes Zimmer, aber dort war sie auch nicht. Dann raste ich wieder in den Flur hinaus und lief die Treppe zum Speicher hoch.

»Martha? Martha!«

Der Wurm, der auf meinem Arm herumhüpfte, hielt das Ganze für ein Spiel und quiekte vor Vergnügen.

»Das ist nicht lustig«, keuchte ich. Spürte er denn nicht, wie mein Herz klopfte? »Wo zum Teufel ist Martha?«

Ich suchte jeden spinnwebverklebten Winkel auf dem Speicher ab, aber Martha war verschwunden, so wie Caramel. *Verdammter Idiot*, pflaumte ich mich selbst an, *warum hast du sie auch mit Pokiss allein gelassen? Du hast doch versprochen, dass du auf sie aufpasst. Du hast es VERSPROCHEN, Mann!*

Also schnell wieder die Treppe runter und den Gang entlang. Ich riss jede einzelne Tür auf, an der ich vorbeikam. Keine Martha. Schließlich trat ich eine Tür auf, hinter der Großtante Grusilla zum Vorschein kam.

»Also wirklich, Dandelion.« Missbilligend spähte sie über ihre Nase hinweg auf mich herunter. »Ein Gentleman platzt nicht einfach in das Zimmer einer Dame, wenn sie gerade damit beschäftigt ist, ihre Unaussprechlichen zu besticken.« Sie thronte in einem Sessel am Fenster und hielt eine eingefädelte Nadel hoch. In den Holzrahmen auf ihrem Schoß war etwas Weißes, Rüschiges eingespannt. »Das Bone-Wappen«, verkündete Tante Grusilla und hielt mir ihre Stickerei vor die Nase, damit ich sie gebührend bewundern konnte. »Es ist mir so lieb und teuer, verstehst du, Junge? Kann es gar nicht nahe genug an meinem Herzen tragen.«

Ich starrte auf den fauchenden Löwen, die gekreuzten Schwerter, den Wirsing und das halb fertige Einhorn. Aber von »nahe an ihrem Herzen tragen« konnte keine Rede sein. Tante Grusilla stickte das Wappen auf ihre Unterhose. Und das einzig

Unaussprechliche daran war die Größe: Das war keine Unterhose, sondern ein Zirkuszelt!

»Wo ist Martha?«, keuchte ich. »Was hast du mit ihr gemacht?«

»Mit dem Mädchen?« Tante Grusilla stach die Nadel in ihre Unterhose. »Pokiss hat sie in den Dunkelwald gebracht.«

»Was? In den Dunkelwald?« Vor Schreck umklammerte ich den Wurm so fest, dass ich ihn dabei gekniffen haben musste, weil er plötzlich aus vollem Hals losplärrte.

»Wenn sie in Daundelyon Hall bleiben will, muss sie sich nützlich machen.« Tante Grusilla zurrte den Faden fest. »Sie muss mir ein Einhorn fangen.«

Ich öffnete den Mund, klappte ihn aber sofort wieder zu. Es ist kein gutes Gefühl, wenn die Erwachsenen um einen herum plötzlich alle verrückt werden, einer nach dem anderen. »Warum?«, brachte ich schließlich hervor. »Wozu brauchst du ein Einhorn?«

»Dung«, brummte Tante Grusilla.

»Dung?« Ich blinzelte sie an. »Also, du meinst ... ähm ... Kacke?«

»Für die Pflanzen«, erklärte Tante Grusilla. »Unsere ganz speziellen Pflanzen im Gewächshaus. Sie kränkeln ein bisschen – Rüsselkäferbefall, befürchten wir, eine wahre Pest: Die Biester nagen die Wurzeln ab. Pokiss hat es in einem Buch nachgelesen. Und die einzige Rettung für unsere Schätzchen ist Einhorn-Dung.«

Ich erinnerte mich daran, wie Dad mal eine Ladung Mist für seine Rosen bestellt hatte. Mum musste uns allen Wäscheklammern für die Nase geben, so eklig war der Gestank. Aber das war Pferdemist gewesen.

»Bist du sicher, dass Pokiss im richtigen Buch nachgesehen hat?«, fragte ich.

Tante Grusilla runzelte die Stirn. »Zu meiner Zeit, mein lieber Dandelion, war es nicht üblich, dass Kinder ihren Eltern und anderen Respektspersonen Widerworte geben.«

»Das war kein Widerwort«, wandte ich ein. »Sondern eine Frage. Und du hast gesagt, dass Einhörner nur von unschuldigen, jungen Mädchen gefangen werden können.«

»Rein und tugendhaft«, bestätigte Tante Grusilla. »Das weiß doch jedes Kind.«

»Ja, genau«, sagte ich. »Und da schickst du Martha los?«

Tante Grusilla presste ihre Lippen zusammen und verpasste ihrer Unterhose einen heftigen Nadelstich. »Nun, sie ist natürlich nicht das wohlerzogene kleine Mädchen, das ich mir gewünscht hätte«, gab sie zu. »Aber daran sind nur deine Eltern schuld. Nicht genug Disziplin und zu viel Nachgiebigkeit, würde ich sagen. Hat wohl immer ihren Kopf durchgesetzt, die Kleine.«

Das hatte ich auch oft gedacht, aber von Tante Grusilla wollte ich es trotzdem nicht hören. »Kann schon sein, dass Mum und Dad manchmal zu nachgiebig mit Martha waren, aber nur, weil sie sie lieben«, stieß ich wütend hervor. »Was soll daran falsch sein?«

Tante Grusilla warf mir einen verächtlichen Blick zu. »Liebe! Nicht sehr hilfreich ... Steht dem gesunden Menschenverstand nur allzu oft im Wege. In meinem Haus dulde ich das nicht.« Der arme Lambkin jaulte unter ihren Röcken laut auf, als sie ihm einen Tritt verpasste, um ihren Standpunkt zu bekräftigen.

»Bitte«, flehte ich sie an. »Du kannst doch Martha nicht ganz allein im Wald lassen. Sie verirrt sich noch!«

»Nicht, wenn sie an einem Baum festgebunden ist.« Tante Grusilla warf mir einen triumphierenden Blick zu. »Pokiss hat jede Menge Seil genommen.«

»Und wenn sie von Wölfen gefressen wird?«

»Also das«, fauchte Tante Grusilla, »wäre *sehr* unkooperativ von ihr – um nicht zu sagen, ungehörig! Nun, wir müssen es in Kauf nehmen. Ich brauche dieses Einhorn.«

»Nur mal angenommen«, fing ich an, »dass es im Dunkelwald gar keine Einhörner gibt ...«

»Ach, papperlapapp«, sagte Tante Grusilla barsch. »Natürlich gibt es welche. Oder jedenfalls eins. Die Leute haben es doch gesehen – ein schneeweißes Tier. Und Pokiss hat Hufabdrücke gefunden. Wenn deine Schwester es nicht einfängt, ist sie nutzlos für mich. Die Wölfe können sie dann gerne haben, oder Pokiss sucht mir ein Heim für lästige Kinder, in das wir sie schicken können. Irgendwo weit weg – in Timbuktu zum Beispiel. Oder am Nordpol.«

»Aber das kannst du doch nicht machen!«, rief ich verzweifelt.

»Ich bin ihr gesetzlicher Vormund.« Tante Grusilla biss den Faden ab. »Ich kann machen, was ich will.«

Es war zwecklos, das wusste ich. Und ich musste schleunigst raus aus diesem Zimmer, bevor ich Tante Grusilla noch mit ihrer eigenen Sticknadel durchbohrte. Also knallte ich ihr die Tür, so laut ich nur konnte, vor der Nase zu und stampfte in Marthas Zimmer zurück. Allmählich taten mir die Arme weh vom Gewicht des Wurms. Ich legte ihn auf den Boden und setzte mich auf Marthas Bett.

Berühmte Mörder lag aufgeschlagen auf ihrem Kopfkissen, unter einem wilden Knäuel von Plastikdinos. Ich hielt den Triceratops auf meinem Schoß und streichelte seine Schnabelnase. Martha hatte ihn mir so oft an den Kopf geschmissen, dass die Spitze von einem seiner Hörner abgebrochen war, aber sie liebte ihn trotzdem.

»Keine Angst«, sagte ich zu ihm. »Ihr passiert schon nichts.

Das lasse ich nicht zu. Ich habe versprochen, dass ich auf sie aufpasse, und das werde ich auch tun!«

Als der Gong ertönte, hatte ich mich zu einem Entschluss durchgerungen: Ich würde selbst in den Dunkelwald gehen. Ich würde Martha finden und ins Schloss zurückbringen.

Aber vorher musste ich das Essen überstehen.

»Kröte.« Pokiss knallte einen Teller vor mich hin. »Im Teigmantel – oder vielmehr im Loch, wo sie hingehört. Damit sie nicht rumhüpft, wo sie nicht hingehört.«

Die Kröte sah eher wie ein Frosch aus: dünne Beinchen mit Schwimmhäuten, die nach oben ragten, als wäre das arme Tier kopfüber in die Teigschüssel gehechtet. Ich stocherte ein bisschen um die Beine herum, aber von einem Loch wird man nur schwer satt. Als gerade niemand herschaute, ließ ich meinen Frosch für Lambkin unter den Tisch fallen. Was jedoch ein Fehler war – der Hund kotzte ihn sofort wieder aus, und zwar voll auf Tante Grusillas Füße. Sein Frauchen verpasste ihm einen groben Fußtritt, dann erhob sie sich vom Tisch, um ihre vollgekotzten Schuhe zu wechseln.

Pokiss wischte die Schweinerei auf. Als sie die zerkauten Froschstücke darin sah, warf sie mir einen bitterbösen, misstrauischen Blick zu. Ich sagte, der Wurm müsse gewickelt werden, und flüchtete auf den Speicher.

Als ich oben war, öffnete ich ein Glas Babynahrung: »Feine Nudeln mit Käse«. Martha und ich hatten uns immer geschüttelt, wenn Caramel den Wurm damit fütterte. Das Zeug sah echt wie Rotz aus. Aber heute war ich so hungrig, dass mir fast das Wasser im Mund zusammenlief. Als der Wurm fertig gegessen hatte, leckte ich den Löffel ab und kratzte das Glas aus.

Der Wurm rieb sich die Augen und quengelte. Er brauchte seinen Mittagsschlaf. Ich packte ihn in sein Gitterbettchen und zog die Schnur an der Mäusespieluhr. Drei Runden *Twinkle, twinkle, little Star*, und schon fielen ihm die Augen zu. Jetzt würde er mindestens eine Stunde schlafen. Und länger würde ich doch nicht brauchen, um Martha zu finden und zurückzubringen, oder? Ich schlich aus dem Zimmer, lief die Treppe hinunter – und in den Wald hinein.

Niemand hielt mich auf. Tante Grusilla stickte wahrscheinlich an ihrem Unterhosenzelt weiter. Pokiss wusch entweder das Geschirr ab oder braute etwas Widerliches zum Abendessen zusammen. Die Ställe waren leer. Boy und die Pferde waren noch nicht von Bessie Fleaspoons Beerdigung zurück. Folglich war es ein Kinderspiel, unbemerkt durch das Torhaus zu schlüpfen, die Zugbrücke zu passieren und zwischen den Bäumen zu verschwinden.

Kapitel Sechs

Nur ein kompletter Vollidiot rennt einfach in einem Wald herum, in dem es praktisch keine Wege gibt, ohne die Richtung zu markieren, die er genommen hat. Leider war mir das zu spät eingefallen. Nachdem ich etwa zwanzig Minuten herumgestolpert war, musste ich mir eingestehen, dass ich keine Ahnung hatte, wo ich hergekommen war oder wo ich hinmusste. Ich war zerkratzt und blutig von dem Gestrüpp, durch das ich mich gequetscht hatte, und bald spukten mir die ganzen alten Märchen im Kopf herum, die Dad uns immer erzählt hatte: Hexenhäuser, böse Königinnen, hungrige Wölfe – im Wald passieren schlimme Dinge. Und dann die Stille um mich herum. Das Einzige, was ich hörte, war mein schweres Atmen.

»Martha!«, brüllte ich. »Martha!«

Nichts.

Und dann ... »Spaghetti Bolognese«, krächzte eine Stimme über meinem Kopf.

»Wer ist da?« Ich hob den Kopf und sah etwas Blau-Goldenes aufblitzen. Blätter raschelten, ein Zweig knackte und plötzlich zappelte ich in den Maschen eines Fallnetzes. Ich verlor das Gleichgewicht und kippte vornüber. »Auuutsch!«

Mein Schreckensschrei verstummte abrupt, weil mir der Mund von einer Ladung modrigem Laub gestopft wurde. Während ich hilflos dalag und zappelte wie ein Fisch, schwang sich eine Gestalt leichtfüßig aus dem Baum und landete mit je einem schwarz beschuhten Fuß rechts und links neben mir. Das Gesicht, das auf mich herunterschaute, lag im Schatten eines Dreispitz-Huts. Meine Augen weiteten sich. Das war der Typ, den ich im Irrgarten gesehen hatte, und er trug immer noch sein Piratenkostüm!

»Macaroni minestrone!« Der Papagei fegte herunter und landete auf seiner Schulter. »Sushi, Nudeln, Apfelstrudel ...« Er nickte wild mit dem Kopf und gackerte.

»Sieh mal einer an, da ist mir doch glatt 'ne Krabbe ins Netz gegangen«, knurrte der Pirat. »Was zum Teufel fällt dir ein, Krabbe, in Black Jacks Gewässern zu wildern?«

Ich spuckte einen Ahornsamen aus. »Das sind nicht Ihre

Gewässer. Es sind überhaupt keine Gewässer. Und nehmen Sie dieses Ding von mir runter.«

»Eine quäkende Krabbe. Macht mehr Lärm als du«, sagte der Pirat zu seinem Papagei. Dann drehte er sich wieder zu mir und schwang sich in den Baum hinauf, aus dem er gerade heruntergesegelt war.

»Hey!«, rief ich, aber es kam keine Antwort. Ich lag hier ganz allein, zusammengeschnürt wie eine Wurst in der Pelle.

Plötzlich schwebten meine Füße über dem Boden. Zuerst die Füße, dann die Knie, dann mein Hintern, dann die Schultern, und ... ich baumelte kopfüber im Netz. Das ganze Blut schoss mir in den Schädel – mein Gehirn musste jeden Moment platzen – und das Seil, das sich um meinen Knöchel festgezurrt hatte, schnitt mir in die Haut.

Unsanft wurde ich durch die Äste hochgehievt. Blätter flogen mir ins Gesicht, Zweige knackten und kratzten mich und durch die Netzmaschen konnte ich sehen, wie der Boden sich immer weiter von mir entfernte. Dann hörte die rasante Fahrt endlich auf. Ich hing da und drehte mich langsam um die eigene Achse, erst nach rechts, dann nach links.

»Wir sehen uns auf der anderen Seite«, sagte Black Jack. »Kann sein, dass du heil über die Reling kommst, aber sicher bin ich mir da nicht. Also an deiner Stelle würde ich mich ein bisschen zusammenrollen. Ich will ja nicht, dass du dein Hirn über mein ganzes Schiffsdeck verspritzt, herzlichen Dank auch.«

Ich spürte einen Stoß und einen Ruck, hörte das Surren eines Seilzugs über meinem Kopf und dann eierte ich durch die Luft, abwärts-seitwärts, bis die Welt zu einem Wirbel verschwamm, während aufgescheuchte Tauben von den Zweigen um mich herum aufstoben. Der Gedanke, dass ich bei der Aktion mein ganzes Hirn verspritzen könnte, ließ mich fügsam werden und ich machte mich so klein wie möglich. Als ich endlich mit einem letzten Ruck zum Stehen kam, ohne irgendwo dagegenzukrachen, wurde ich fast ohnmächtig vor Erleichterung.

Nach und nach nahm ich ein efeuüberwuchertes Holzgeländer wahr, an dem ich haarscharf vorbeigezischt sein musste. Unter mir waren nackte, blank gescheuerte Bretter. Ich weiß nicht, wie lange ich dort baumelte, lange genug jedenfalls, um mich zu beglückwünschen, dass ich nichts zu Mittag gegessen hatte. Pokiss' Essen war schon beim ersten Mal schlimm genug – ich konnte gut darauf verzichten, dass es in der umgekehrten Richtung wieder hochkam.

Dann fegte ein Luftzug über mich hinweg, begleitet von einem blau-goldenen Blitz, und der Papagei tauchte aus dem Nichts auf und brachte das Netz wild zum Schaukeln, als er sich mit Schnabel und Krallen daran festklammerte. Schwupp, schnellte er herum und hing plötzlich kopfüber da, als wollte er mich genauer ins Auge fassen. Langsam rückte er näher an mein Gesicht heran. Ich konnte die Zebrastreifen um seine gelben Augen sehen, die schwarze Zunge und den gebogenen Schnabel.

»Crêpes Suzette!«, krächzte er, nicht sehr höflich. »Tartiflette, fette Crevette!«

Dann sauste der dreispitzige Hut von irgendwo unter uns hoch. Dieser Typ ist komplett piratenfixiert, dachte ich, als ich auf die zerfranste Augenklappe und den gezwirbelten schwarzen Schnurrbart starrte. Dann fiel mein Blick auf seine Hände in den fingerlosen schwarzen Handschuhen, die das Netz umklammerten. Eines der Fingerlöcher war leer. Tante Grusilla, Pokiss, Boy ... jetzt also schon vier. Sie konnten doch nicht alle den gleichen Unfall gehabt haben? Und das bedeutete ... ja, was eigentlich?

Der Pirat hatte sich herübergeschwungen und jetzt stand er da, die Hände in die Hüften gestemmt, und musterte mich. Meine Nase war auf gleicher Höhe mit seinen schwarzen Stiefeln.

»Sollen wir die Krabbe befreien?«, fragte er den Papagei, der wieder auf seine Schultern flatterte. »Sieht schon ganz grün aus. Ich will ja keine Krabbenkotze auf meinem schönen Deck.«

Das Netz schwankte und ruckte, als er an den Knoten herumfummelte, dann fiel ich. Mit einem dumpfen Aufprall landete ich auf den Holzbrettern und der Pirat beugte sich über mich und dröselte das Seilnetz auf. Ein letzter Schubs mit seiner Stiefelspitze, dann war ich frei.

»Mach ja keine Dummheiten«, warnte er mich, »sonst gehst du über Bord. Ist ein langer Weg da runter und es gibt vielleicht keine Haie, aber dafür andere Dinge.«

Die Drohung hätte er sich sparen können. Ich konnte kaum noch sagen, wo oben und unten war, geschweige denn, dass ich zu einem Fluchtversuch fähig gewesen wäre. Der nächste Baum hatte keine Äste, keine Blätter, da war nichts als eine glatte, gerade Holzsäule, die in den Himmel ragte. Ein rechteckiges Tuch flatterte daran und blähte sich im Wind.

Eine schwarze Flagge mit einem weißen Totenkopf, der zu mir heruntergrinste.

»Würde dir ganz recht geschehen, wenn ich dich über die Planke gehen ließe«, knurrte Black Jack. »Was schleichst du auch hier herum und spionierst mich aus?«

»Ich habe Sie nicht ausspioniert.« Ich setzte mich auf, um mich besser verteidigen zu können. »Und von wegen Herumschleichen: Was hatten Sie heute Morgen im Irrgarten zu suchen? Ich habe Sie vom Speicherfenster aus beobachtet.«

»Ah, du bist von Daundelyon Hall?« Seine Stimme klang scharf.

Ich nickte. »Ich bin hergekommen, um meine Schwester zu

suchen. Tante Grusilla hat sie an einen Baum gebunden. Sie will, dass Martha ein Einhorn fängt. Und erzählen Sie mir bloß nicht, dass es keine Einhörner gibt. Das weiß ich selber.«

»Tante?« Black Jacks Auge war auf mich geheftet. »Hast du ›Tante‹ gesagt?«

»Ja, aber nur angeheiratet. Sie ist mit meinem ... autsch!«

Er hob mich am Kragen hoch, sodass ich fast erwürgt wurde, und starrte mir ins Gesicht. »Aufgeschlitzte Meeresschnecken und Fässer voll Blut, warum hast du das nicht gleich gesagt?«, brummte er und ließ mich wieder los.

Ich plumpste auf den Boden zurück und hielt mir meine gequetschte Kehle. Eine Windböe fegte einen Wirbel von goldenen Blättern vor sich her. Regentropfen fielen auf das Deck.

»Zuppa Inglese«, krächzte der Papagei düster und schüttelte sein Gefieder. »Zitronen-Sorbet.«

Jack schaute zum Himmel, der jetzt so lila schimmerte wie ein Veilchen am Auge. »Komm lieber mit runter.« Er öffnete eine Luke im Deck und ließ seinen Kopf zu mir herumschnellen.

Ich zögerte, weil ich keinen Wert darauf legte, im finsteren Bauch eines Piratenschiffs zu verschwinden – selbst wenn es hoch oben auf einem Baum geparkt war –, aber der Papagei knabberte vielsagend an meinen Knöcheln.

»Okay, okay.« Ich hüpfte außer Reichweite seines gebogenen Schnabels.

Unter Deck war es dunkel und eng. Ich stieß mir den Kopf an einer Hängelaterne, stolperte über eine Seilschlinge und krachte gegen ein Fass mit der Aufschrift SCHIESSPULVER.

»Olle Dampfnudel«, krächzte der Papagei unwirsch.

Jack schwang sich hinter uns herunter. Da der Vogel hinter mir herwatschelte und mir den Fluchtweg abschnitt, folgte ich dem Piratentyp an einer Kanone vorbei, die auf ein Bullauge gerichtet war, dann an einer kleinen Kombüse mit Kochtöpfen und einer Reihe von Hängematten. Die Schiffsplanken knarzten im peitschenden Wind. Als Jack endlich eine Tür mit der Aufschrift KAPITÄNSKAJÜTE öffnete, war ich schon leicht seekrank.

Der Raum roch nach Popcorn. Der Boden war eine Weltkarte mit verblassten blauen Ozeanen voll zappelnder Seemonster und dreieckiger Berge mit der Anmerkung »Hier hausen Drachen«. Die Decke war mit Sternen bemalt. Der Platz dazwischen wurde größtenteils von einer Eiche eingenommen, die durch das offene Bullauge hereinwuchs. Die Äste waren mit Strängen aus Muscheln, Perlen und bunten Steinen behängt, die leuchtend blaugrün funkelten wie Meerwasser in der Sonne. Ich vergaß, dass ich seekrank und ganz allein in der Höhle eines seltsam kostümierten Irren war, mitten im Dunkelwald, wo niemand meine Schreie hören würde …

»Das ist schön«, sagte ich. »Aber warum sind hier so viele Fische?«

Ganze Schwärme von kleinen Holzfischchen, jedes davon anders gestaltet, baumelten an kurzen Schnüren von jedem Zweig.

»Das ist mein Leben«, sagte Jack, »seit ich das erste Mal zur See gefahren bin. Ich zähle meine Reisen in Form von Fischen, damit ich nicht den Überblick verliere. Bald kommt noch einer dazu.« Er deutete auf einen niedrigen Tisch, auf dem ein Messer mit einem Knochengriff neben einem Stück Treibholz lag.

Ich betrachtete die anderen Gegenstände auf dem Tisch: ein Messingkompass, ein einklappbares Teleskop und ein kleines Holzschiff. Der Bug war mit einem geschnitzten Gänsekopf verziert und am Heck war in säuberlichen Buchstaben der Name FLYING GOOSE aufgemalt.

»Mit diesem Schiff?« Ich sah mich um. »War es wirklich schon auf hoher See?«

»Ja, natürlich.« Jack klang verärgert. »Was denkst du denn? Mag sein, dass es jetzt keine *fliegende Gans* mehr ist, sondern eine *liegende*, aber in ihren Glanzzeiten war die Flying Goose der Schrecken der Meere und der königlichen Marine.«

»Von welchem König?«, fragte ich.

»Ach, die kamen und gingen«, erwiderte Jack vage.

Die Takelage des Miniaturschiffs war aus Zweigen gemacht – ein zerbrechliches Ding, das man kaum anzufassen wagte. An der Mastspitze wehte dieselbe Totenkopfflagge, die ich auf dem Deck oben gesehen hatte.

»Wenn das der Totenkopf mit den beiden gekreuzten Knochen sein soll, warum ist dann nur ein Knochen drauf?«

Jack hatte sich auf einen Holzstuhl fallen lassen, den Hut über die Nase gestülpt, die Stiefel auf dem Tisch. Er zuckte mit den Schultern. »Passt doch, oder findest du nicht? Ein einziger miesepetriger Bone ...«

Ich runzelte die Stirn. »Woher wissen Sie meinen Namen?«

»Wer sagt denn, dass ich von dir rede? Aber ich weiß tatsächlich deinen Namen – würde jederzeit mein Schiff drauf verwetten.« Jacks eines Auge schielte unter der Hutkrempe hervor. »Du bist Dandelion Bone.«

»Ja«, gab ich zu. »Aber die meisten Leute nennen mich Dan. Außer meiner Schwester, wenn sie mich ärgern will – und Tante Grusilla.«

»Grusilla? GRU-SIL-LA!«

Wir fuhren beide zusammen. Der Papagei hatte sich im Baum niedergelassen und knabberte Popcorn aus einer silbernen Schale, die zwischen den Ästen klemmte. Jetzt breitete er seine Flügel aus und kreischte, dass die Blätter zitterten und die kleinen Holzfischchen tanzten.

»Verfluchter Schiffszwieback! Wenn ich ihm das doch nur abgewöhnen könnte«, stöhnte Jack. »Der Schnabel ist ein ausgezeichneter Stimmenimatator. Er klingt haargenau wie mei… ähm … dein Onkel.«

Ich sah ihn überrascht an. »Onkel Dandelion? Dann kennen Sie ihn also?«

»Kann man so sagen.« Jack zog seinen Hut noch tiefer über die Nase. »Nicht dass ich in den ganzen letzten Jahren jemals meinen Fuß ins Schloss gesetzt hätte … Der Schnabel muss von dort entkommen sein. Eines Tages ist er in einem schrecklichen Zustand durch das Bullauge hereingeflattert. Die Krähen haben ihn gemobbt. Das Einzige, was er von sich gab, war ›Pretty Polly‹ und ›Zwiebelmett‹.«

»Sonntagsbraten«, krächzte der Papagei mit düsterer Stimme. »Kohlrouladen!«

»Und wie lange bist du schon in Daundelyon Hall?« Jack starrte auf meine Hände. Bildete ich mir das nur ein oder zählte er allen Ernstes meine Finger?

»Erst seit gestern«, sagte ich, obwohl es mir viel länger vorkam. »Wir wollten nicht hierherkommen. Aber wir wurden ja nicht gefragt. Mum und Dad hatten … einen Unfall.«

»Wie praktisch«, murmelte Jack.

»Was soll praktisch daran sein, wenn deine eigenen Eltern von Kannibalen aufgefressen werden?«, gab ich steif zurück.

»Kommt auf die Eltern an«, sagte Jack. »Aber ich wollte nicht unhöflich sein. Ich meinte nur, dass es praktisch für deine Tante ist. Das Schloss braucht einen Erben – und mal angenommen, deinem Onkel würde etwas zustoßen ... Du weißt schon: *Ein echter Bone muss allzeit am Leben sein oder diese Mauern zerbröckeln, Stein um Stein ...*«

»Dad war auch ein Dandelion Bone«, sagte ich. »Er hätte der Erbe sein können.«

»Das hätte deiner Tante aber nicht gepasst«, sagte Jack. »Dann wäre nämlich ein erwachsener Mann nach Daundelyon Hall gekommen – zu alt, um noch in die Schranken gewiesen und herumkommandiert zu werden. Aber du bist perfekt. Und ohne Eltern wirst du für immer unter ihrer Fuchtel stehen.«

»Nicht für immer! Nur bis ich erwachsen bin.« Ich würde keine einzige Minute länger bei Großtante Grusilla bleiben, als unbedingt nötig war.

»*Falls* du erwachsen wirst«, stimmte Jack zu.

»Aber Tante Grusilla mag doch gar keine Kinder«, fuhr ich fort. »Sie lässt den Wurm auf dem Speicher schlafen.« Erschrocken hielt ich inne und schlug mir die Hand vor den Mund. *Der Wurm*! Ich war seit einer Ewigkeit fort. Er war jetzt garantiert wach und schrie und weinte in seinem Bett und niemand war da, der ihn hören konnte. »Ich muss sofort zurück!«

Ich drehte mich zur Tür um, aber Jack war wie der Blitz auf den Beinen. Gebannt starrte ich auf seine Hand auf meinem

Arm, auf den fingerlosen schwarzen Samthandschuh mit dem leeren Loch.

»Nicht so schnell, Bone. Ich kann dich nicht einfach gehen lassen.«

»Aber der Wurm!« Ich war verzweifelt. »Er ist doch noch ein Baby und ist ganz allein! Ich hab versprochen, dass ich auf ihn aufpasse. Wenn Tante Grusilla und Pokiss ihn schreien hören ... Sie wissen ja nicht, wie die beiden sind!«

»Oh, doch«, sagte Jack grimmig. »Aber ich kann dich nicht ins Schloss zurücklassen. Niemand darf wissen, dass ich hier bin. Und du wirst reden.«

»Nein, nein. Ich sage kein Wort, das schwöre ich. Und ein Bone hält seine Versprechen.«

»Tja«, sagte Jack. »Tut mir leid, aber das kann ich nicht riskieren. Woher soll ich wissen, auf welcher Seite du bist?«

Auf gar keiner, hätte ich am liebsten geschrien. Nur auf meiner eigenen und der von Martha und dem Wurm. »Auf *ihrer* Seite bin ich jedenfalls nicht«, sagte ich schließlich, »falls Sie Tante Grusilla und Pokiss meinen.« In diesem Punkt war ich mir sicher. »Aber warum sollte ich auf Ihrer sein? Sie haben mich kopfüber in einem Netz aufgehängt. Das ist alles, was ich von Ihnen weiß.«

»Ach wirklich?« Jack sah mich mit seinem einen Auge an und zwirbelte seine Schnurrbartspitze. »Lass uns pokern«, entschied er dann. »Du darfst gehen, wenn du meinen Namen errätst.«

»Black Jack?«, sagte ich hoffnungsvoll.

»So wurde ich auf allen Weltmeeren genannt, als die Seeleute noch vor Angst in ihren Schuhen schlotterten, wenn sie meine Flagge gesehen haben. Aber das meine ich nicht. Ich hatte früher einen anderen Namen. Kannst du's dir nicht denken? Ich geb dir einen Tipp. Sieh mich an, Dandelion Bone.«

Ich war mir nicht sicher, ob ich das wollte. Seine Augenklappe baumelte herausfordernd an seinen Fingern.

»Na, komm – sieh mir in die Augen«, befahl er. »In alle beide.«

Ich schluckte, holte tief Luft und schaute ihn an.

In Jacks rechter Augenhöhle glitzerte etwas Glattes, Silbriges. Ich konnte mein eigenes Spiegelbild darin sehen, so wie in der Rückseite eines Löffels.

»Sieh genauer hin«, befahl Jack.

Ich schaue nicht allzu oft in den Spiegel – ich meine, was soll daran interessant sein? Ich habe zwei Augen, eine Nase und einen Mund, in dieser Reihenfolge, mit einem Ohr an jeder Seite. So wie die meisten Leute. Meine Haare haben die Farbe von Dunkelkäfern, sagt Mum. Meine Augen sind grün wie Stinkwanzen, sagt Dad.

Ich richtete meine Aufmerksamkeit wieder auf Jack. Aus der

Nähe wirkte er jünger – viel jünger. Und da war es wieder ... dieses Gefühl, dass ich ihn von irgendwoher kannte.

»Oh ...« Ich betrachtete mein eigenes Spiegelbild, dann wieder ihn. Wenn man sich den Bart wegdachte und den silbrigen Augapfel ... dann war die Familienähnlichkeit unverkennbar. »Ich hab doch gleich gecheckt, dass ich dich schon mal gesehen habe. Ich wusste nur nicht, wo. Du bist ein Bone.« Ich starrte ihn an. »Und dein Name ist auch Dandelion. Aber du bist älter als ich. Also bist du der Erbe von Daundelyon Hall.«

»Nein.« Jack ließ meine Schultern los und schüttelte den Kopf. »Ich bin ein Bone – damit hast du recht, also hast du das Spiel gewonnen. Nur ist mein Name nicht Dandelion und ich bin kein Erbe. Kann ich gar nicht sein.«

»Warum nicht?«

»Darum«, sagte Jack und nahm seinen Hut ab. Dunkelkäferhaare, so wie meine – nur hatte er Unmengen davon –, fielen ihm weit über den Rücken hinunter.

Ich brauchte einen Moment, um zu begreifen, was ich da vor mir sah. »Aber ...«, fing ich an, dann verstummte ich. Ich wollte ja nicht unhöflich sein. Und ich wusste aus Erfahrung, dass man besser keine Kommentare darüber macht, wenn Frauen einen Schnurrbart haben.

»Ach, das.« Jack strich darüber. »Wenn dein Bart wild genug ist, lassen dich die Leute in Ruhe. Und für einen Ausreißer, der ganz allein auf der Welt ist, kann das sehr nützlich sein. Meinen allerersten Schnurrbart habe ich selbst gemacht, aus Rattenfell. Ein elendes, struppiges Ding war das. Die Ratte muss an Altersschwäche gestorben sein – sie war schon ziemlich kahl. Den hier hat mir die Frau eines peruanischen Lama-Farmers geschenkt.«

»Du bist ausgerissen? Von wo?« Aber ich hatte die Antwort bereits erraten. »Jetzt weiß ich, wer du bist. Jacobina Bone. Tante Grusillas Tochter. Die, von der man nie wieder etwas gehört hat.«

»Jedenfalls nicht unter diesem Namen«, gab Jack zu. »Ich hatte mehrere im Lauf der Jahre.«

Ich runzelte die Stirn. »Ich versteh nicht, warum du kein Erbe sein kannst, nur weil du ein Mädchen bist.«

»Tradition«, sagte Jack. »Daundelyon Hall wurde immer vom Vater an den Sohn weitervererbt und das schon seit Sir Lyons Zeiten. Ich war das einzige Kind. Meine Mutter wollte keine Tochter, sie hat mich dafür gehasst, dass ich kein Junge war.«

»Und deshalb bist du weggelaufen.« Ich konnte es ihr nicht übel nehmen. »Und warum bist du zurückgekommen?«

»Weil es etwas in Daundelyon Hall gibt, das ich haben muss«, sagte Jack vorsichtig. »Etwas, das mir gehört. Sie haben es mir weggenommen, ohne mich zu fragen. Und es ist wichtig. Man könnte sagen ... eine Frage von Leben und Tod.«

»Und was ist das?«, fragte ich. »Ich kann es für dich suchen, wenn du mir sagst, was es ist.«

»Das ist ja das Problem.« Seufzend nahm sich Jack eine Handvoll Popcorn aus der Schale des Papageis. »Ich weiß es nicht. Ich weiß, was es *war*, als sie es mir genommen haben, und ich weiß auch, was es *bewirkt*. Aber was nach all den Jahren daraus geworden ist? Keine Ahnung.«

Ich ließ mir das einen Augenblick durch den Kopf gehen. Jack konnte noch nicht so lange von Daundelyon Hall weg sein. Sie sah viel jünger aus, als ich zuerst gedacht hatte, nicht älter als fünfzehn. »Wie alt warst du denn, als du weggelaufen bist?«

»Ach, Alter hat nicht viel zu bedeuten«, sagte Jack. »Zumindest nicht in Daundelyon Hall.«

Sie kletterte vor mir zurück aufs Deck. Der Wald war vom Prasseln der Regentropfen erfüllt, die auf den Blättern landeten. Ich dachte an Martha, die irgendwo dort draußen an einem Baum festgebunden war, durchnässt und frierend und ganz allein.

»Die und ihre bescheuerten Einhörner«, stieß ich wütend hervor. »Ich glaube nicht, dass Lady Clotilda je eins gefangen hat. Wahrscheinlich hat sie sich das alles nur ausgedacht. Ich meine, sie können doch nicht ernsthaft glauben, dass irgendwo im Wald eins rumläuft, nur wegen so einer dummen alten Geschichte und ein paar Hufspuren …«

»Die Hufspuren kann ich erklären«, sagte Jack. Sie beugte sich über die Reling und zeigte auf etwas unter uns. Ein weißes Tier mit langen, haarigen Ohren und einem buschigen Schwanz naschte an einem Blaubeerstrauch. »Ich nenne ihn Barnacle«, sagte Jack, »weil er unter meinem Schiff lebt wie ein Rankenfußkrebs. Er war mal Arbeitsesel am Strand für die Touristen. Das hat ihm nicht gepasst, also ist er abgehauen. Hier sind nur Ausreißer: Der Schnabel, Barnacle und ich.«

Jack brachte mich über ihren Seilzug zurück und Der Schnabel flog voraus. Ich war gerade wacklig in den Ästen einer hohen Birke gelandet, als ich nicht weit entfernt einen roten Klecks unter mir entdeckte – die Kapuze einer roten Regenjacke.

Die Jacke kannte ich. Martha.

Kapitel Sieben

Martha saß auf dem Boden, an den Stamm einer Kastanie gefesselt. Sie hatte mich noch nicht entdeckt. Mit gesenktem Kopf sortierte sie ein Häufchen Kastanien. An einem Ast hängend beugte ich mich aus meiner Birke herunter und wollte gerade ihren Namen rufen, als Jack mir die Hand auf den Mund drückte und mich zum Schweigen brachte.

»Marrr-haa«, nuschelte ich gegen Jacks schwarzen Samthandschuh und versuchte sie abzuschütteln.

»Psst.« Jacks Lamaschnurrbart kitzelte einen Augenblick mein Ohr.

Ein schwarzer Regenschirm schlängelte sich durch die Bäume. Pokiss. Als sie Martha erreicht hatte, stemmte sie die Hände in die Hüften.

»Zwei, drei, vier, fang ein Einhorn lebend mir. Acht, neun, zehn, dann lass es wieder gehn. Na?«, fragte Pokiss. »Ist es gekommen?«

»Siehst du vielleicht eins?«, fauchte Martha zurück.

»Falsche Sssorte Mädchen«, schnaubte Pokiss. »Nicht tugendhaft genug.«

»Also wenn du es genau wissen willst«, sagte Martha. »Nicht nur eins ist gekommen, sondern eine ganze Herde. Das größte versteckt sich hinter diesem Baum. Ich hab's nicht gefangen, weil es mein Freund ist. Komm ja nicht näher, sonst spießt es dich auf sein Horn.«

Pokiss fiel nicht darauf herein. Sie zuckte die Achseln und schlängelte sich denselben Weg wieder zurück, den sie gekommen war. »Wie du meinst. Dann bisss morgen. Fallsss dich die Wölfe nicht gefresssen haben.«

Es dauerte nur wenige Sekunden, bis Martha klein beigab. »Warte!«, rief sie dem davonschwebenden Regenschirm nach. »Nimm mich mit! Bitte!«

»Ah, Prinzessssin, wie denn jetzt?«, spottete Pokiss. Aber sie machte kehrt und fing an das Seil aufzuknüpfen. Als Martha fast frei war und nur noch an einer Schlinge um die Mitte festhing, packte Pokiss das lose Ende und zerrte daran. »Auf geht's!«

»Ich bin doch kein Hund!«, empörte sich Martha, stand aber auf und folgte Pokiss durchs Unterholz.

»Martha verlässt sich darauf, dass ich im Haus bin und auf sie warte«, sagte ich verzweifelt zu Jack. »Und wenn sie dann einen Riesenwirbel macht, wundern sich alle, wo ich bin. Ich darf doch nicht über die Zugbrücke gehen. Tante Grusilla wird stocksauer sein.«

»Sie wird es nicht erfahren«, sagte Jack. »Ich bring dich auf einem anderen Weg zurück – durch einen unterirdischen Gang, der in die Mitte des Irrgartens führt.«

»Ah, so bist du also heute Morgen da reingekommen?«, sagte ich. »Was hast du dort gemacht? Nach deinem verlorenen Was-auch-immer gesucht?«

»Ja, hat aber nicht viel gebracht«, seufzte Jack. »Ich habe keine Ahnung, wo ich anfangen soll.«

Wir kamen aus dem Wald ans Flussufer. Auf der anderen Seite ragten die alten Schlossmauern auf. Wir blickten auf die Rückseite des Anwesens, von wo aus weder das Torhaus noch irgendwelche Fenster zu sehen waren. Jack griff in ein großes Büschel Farnkraut und holte ein Seil ein. Ein kleines rundes Ruderboot mit dem Schriftzug SHIP'S BISCUIT an der Seite glitt auf uns zu.

Dicke Regentropfen kräuselten die Wasseroberfläche, als Jack uns hinüberruderte. Am anderen Ufer schlang sie das Seil der »Schiffszwieback« um den Stamm eines verzwirbelten Fliederbaums, sodass wir hinausklettern konnten. Ungefähr auf halber Höhe der steilen Böschung zog Jack einen Vorhang aus Efeu und Dornenranken auseinander und ein schwarzes Loch kam zum Vorschein – wie der Eingang zu einem riesigen Kaninchenbau.

Wir mussten uns ducken. Jack ging zuerst, ich immer dicht hinter ihr. Sie nahm eine Laterne hoch, dann flammte ein Streichholz auf und der Lichtschein flackerte über die niedrige Decke und die feuchten, modrigen Wände, bis die unheimlichen Schatten zu tanzen begannen.

»Canneloni, Peperoni!«, krächzte der Papagei unheilvoll und plusterte sein Gefieder gegen den Regen auf. »Nada enchilada!« Dann flatterte er in die Äste des Fliederbaums hinauf.

Ich weiß nicht, wie lange wir brauchten, um uns durch den unterirdischen Gang zu winden. Auf jeden Fall lange genug, dass ich mich verzweifelt nach frischer Luft sehnte und es kaum noch erwarten konnte, endlich wieder aufrecht zu gehen. Allmählich lichtete sich die Dunkelheit und der Modergeruch ließ nach. Wir erreichten den Fuß einer kleinen Treppe, an deren oberem Ende sich ein blasses Rechteck Tageslicht abzeichnete. Die Stufen führten zu einem Halbkreis aus weißen Steinsäulen und wir kamen auf der Rückseite einer Skulptur heraus. Es war eine Frauengestalt, die fast gar keine Kleider anhatte und ein Büschel Weintrauben in der Hand hielt.

»Venus, Göttin der Liebe«, erklärte Jack. »Mein Vater hat diesen Tempel bauen lassen. Und rate mal, wer für die Skulptur Modell gestanden hat?«

Ich spähte in das marmorne Gesicht und zu den gewölbten Schultern hinauf. Weiter abwärts wollte ich meinen Blick nicht richten. »Oh, das ist ja Tante Grusilla.«

»Vor langer Zeit, ja«, sagte Jack. »Länger, als du dir vorstellen kannst. Komm weiter.« Sie zeigte auf die hohen Hecken des Irrgartens, die außerhalb des kleinen Tempels aufragten. »Ich zeige dir den Weg hinaus.«

Jack führte mich durch die Biegungen und Windungen des Irrgartens, ohne einen einzigen Fehler zu machen.

»Der Ausgang ist in dieser Richtung«, sagte sie, als wir um die letzte Ecke kamen. »Dann leb wohl, Dandelion Bone.«

»Warte«, sagte ich. »Wir sehen uns doch wieder, oder? Wir sind ja schließlich verwandt … also irgendwie Familie.«

»Familie …«, wiederholte Jack. »Ich hatte nie viel Familie.« Zögernd zwirbelte sie ihren Lamahaarbart und schien sich zu einem Entschluss durchzuringen. »Vielleicht solltest du es wissen. Vielleicht ist es nur fair, wenn ich es dir erzähle.«

»Was denn?«

»Übermorgen ist die Nacht vor Allerheiligen …«

»Halloween, ja«, sagte ich. »Das weiß ich doch!«

»Aber du weißt nichts von den Dingen, die in Daundelyon

Hall vorgehen.« Jack wählte ihre Worte sorgfältig. »An Halloween.«

»Du meinst, was Schlimmes?«, fragte ich.

»Ja … und nein. Kommt ganz auf den Standpunkt an.« Jacks eines Auge wich meinem Blick aus. Sie schaute auf ihre Hände hinunter und spreizte ihre neun Finger.

»Die Finger!«, sagte ich. »Allen hier fehlt ein Finger! Was ist damit passiert?«

»Siehst du«, sagte Jack. »Genau das will ich herausfinden.«

»Oh. Danach suchst du also?« Ich starrte sie an. »Deshalb bist du zurückgekommen? Wegen deinem Finger? Aber wie hast du ihn verloren?«

»Das wirst du schon selbst herausfinden«, sagte Jack. »Und zwar bald.«

»Dandelion! Dandelion Bone!« Das war Tante Grusilla.

Ich hörte Lambkin japsen. »Bist du da draußen? Wo steckst du?«

»Sie suchen dich.« Jack verschwand bereits rückwärts im Labyrinth.

»Ich will wissen, was du gemeint hast.« Ich packte sie am Ärmel. »Du kannst mir doch nicht so was Grässliches erzählen und dann einfach abhauen!«

»Also gut, aber nicht jetzt«, gab Jack nach. »Wir treffen uns morgen. Um drei im Venustempel. Ich markiere dir den Weg durch den Irrgarten.« Sie wühlte in ihrer Tasche und zog eine Handvoll glänzender gelber Münzen hervor. »Folge einfach der Spur.«

Ich blinzelte die Münzen an. »Sind das Schokoladenmünzen?«

»Nein, nur Gold. Tut mir leid.«

»Dandelion?«

Lambkins Bellen kam näher. Ich drehte den Kopf und lauschte. Als ich mich wieder zu Jack umwandte, war sie fort.

»Da bist du ja endlich, Dandelion!« Tante Grusilla walzte auf mich zu, einen rosa Fransenschirm in der Hand, den sie schützend über ihr Haar hielt.

»Ich war im Irrgarten«, sagte ich und setzte eine möglichst überzeugende Unschuldsmiene auf. »Hier drin kann man sich leicht verirren, oder?«

Was keine Lüge war – oder jedenfalls nicht ganz.

Ich hörte den Wurm irgendwo auf halber Höhe der Speichertreppe brüllen. Martha war bei ihm, in einer langen Schürze und einer weißen Haube, ihr Gesicht war die reinste Gewitterwolke.

»Ich dachte schon, du wärst weg!«, sagte sie wütend. »So wie Caramel. Ehrlich, ich hab geglaubt, du bist einfach abgehauen, ohne uns beide mitzunehmen.«

»Das würde ich doch nie tun. Warum bist du so komisch angezogen?«

»Tante Grusilla sagt, das Einhorn mag mich nicht, weil ich nicht brav genug bin. Und deshalb muss ich jetzt im Haushalt schuften, damit ich tugendhafter werde«, knurrte sie. »Ich musste den Küchenboden schrubben. Pok-Zisch hat mich keine Sekunde aus den Augen gelassen, ich konnte nicht mal im Kühlschrank nach was Essbarem suchen. Es hat eine Ewigkeit gedauert, bis ich endlich gehen durfte. Ich hab dich gesucht, aber du warst nirgends. Dann bin ich rauf, weil ich gucken wollte, ob wir noch Bananen haben. Der Wurm hat geschrien, also bin ich dageblieben. Außerdem hat mir mein Bein so wehgetan.«

Ich dachte an die silberne Nadel, die Pokiss in die kleine Wachspuppe gerammt hatte, und mir lief es kalt den Rücken runter. »Was ist denn mit deinem Bein?«

»Weiß nicht. Tut einfach weh.«

Ich schaute aus dem Fenster und sah eine schwarz gekleidete Gestalt, die geduckt durch den Regen auf das Gewächshaus zuhumpelte. »Ah, die Beerdigung ist vorbei. Boy ist wieder da.«

Der Zylinder saß tief über seinen Ohren und eine Katze folgte ihm dicht auf den Fersen – die graue, die ich im Stall gesehen hatte.

In diesem Moment fiel mir wieder ein, was ich dort noch entdeckt hatte.

»Hey, Martha, ich habe Caramels Motorrad gefunden! Sie haben es unter einem Heuhaufen im Stall versteckt. Caramel muss hier noch irgendwo sein, so viel steht fest!«

»Sie halten sie gefangen«, sagte Martha grimmig. »Wir müssen sie retten!«

»Ja, aber zuerst müssen wir sie finden«, wandte ich ein.

Martha war zu mir ans Fenster getreten und schaute auf Boy und die Katze hinunter.

»Wo geht der hin?«

Ich zuckte die Schultern. »Ins Gewächshaus vermutlich. Er ist doch der Gärtner, oder? Autsch!«

Martha packte mich am Arm. »Mist! Kapierst du das nicht? Dort muss Caramel sein – ganz klar. Sie haben sie da eingesperrt.«

Die Katze strich um Boys Beine herum und wollte mit rein. »Tante Grusilla hat gesagt, das Glashaus ist für uns tabu«, sagte ich und schaute zu, wie Boy die Katze wegscheuchte.

»Na klar, damit wir Caramel nicht finden.« Martha sah mich triumphierend an. »Sonst könnte es ihr doch egal sein.«

»Aber das Ding ist aus Glas«, erinnerte ich sie. »Wer ist denn so blöd und versteckt etwas – oder jemanden – in einem Gebäude, das komplett durchsichtig ist. Außerdem könnte Caramel doch einfach das Glas zertrümmern und abhauen.«

»Nicht, wenn sie gefesselt ist.« Martha sprudelte über vor

Aufregung. »Los, schnell! Wir müssen sie retten, bevor es dunkel wird.«

»Aber das geht nicht, solange Boy da drin ist«, versuchte ich sie zu bremsen.

»Dann müssen wir ihn eben ablenken«, sagte Martha. »Ich kann ihm ein paar Witze erzählen. Und wenn er sich dann vor Lachen in die Hose pinkelt, retten wir Caramel.«

»Ja, okay, das könnte vielleicht klappen«, räumte ich ein, »aber du kennst doch höchstens sechs Witze. Und komisch sind die alle nicht.«

»Sind sie wohl«, beharrte Martha. »Was stinkt und reimt sich auf Buh! *Du!*«

So ungefähr waren alle ihre Witze. »Ich stinke nicht. Das ist schon wieder der Wurm«, sagte ich zu ihr. »Wir können nirgends hin, bevor wir ihm nicht die Windeln gewechselt haben.«

»Ach, hör auf mit deinen Ausreden.« Martha marschierte bereits zur Tür. »Du hast ja nur Angst, dass du Ärger mit Tante Dracula kriegst. Feige Memme, Dan-Dandy-Dandelion!«

Martha weiß, wie sie mich auf die Palme bringen kann. Dent de Lyon – Zahn des Löwen, dachte ich. Rasiermesserscharf und gefährlich. Das war ich. Ja, genau.

Der Wurm müffelte wirklich. Ich musste durch den Mund atmen, damit mir der Gestank nicht in die Nase drang. Ich seufzte tief. Sir Lyon de Beaune war vielleicht ein Meister im

Schwertfechten, Irrgarten-Zertrümmern und Leute-Zerhacken gewesen, aber er musste garantiert keine einzige schmutzige Windel wechseln. In seinem ganzen, langen Heldenleben nicht.

Nachdem ich den Wurm aus seiner matschigen Windel befreit hatte, stopfte ich ihn in seinen gelben Entchen-Regenanzug. Vom Fenster aus sah ich Martha zum Gewächshaus laufen. Mums blaue Jacke flatterte hinter ihr her. Ich schlich die Treppe hinunter und überkreuzte die Finger, dass Tante Grusilla noch an ihren Nilpferdunterhosen stickte, während Pokiss Särge zusammennagelte oder Fledermausflügel fürs Abendessen briet. Die schwere Eichentür knarzte und ächzte, als ich sie einen Spaltbreit aufzwängte, um mich durchzuquetschen. Der Regen klatschte mir ins Gesicht. Ich zog dem Wurm die Kapuze über, dann mir und schlüpfte hinaus.

Martha war tropfnass, ihre Haare hingen in traurigen Mauseschwänzen herunter und ihre Nase klebte an der Wand des Gewächshauses.

»Ich kann nicht richtig reinsehen«, jammerte sie, wischte an den quietschenden Regentropfen herum und drückte sich die Nase noch platter. »Da drin wächst jede Menge Zeugs – das ist wie im Regenwald. Wo ist Boy?«

Hinter dem Glas lag eine grünlich schimmernde Welt voller Blätter und Schlingpflanzen und baumelnder Ranken. Exotische Kriechgewächse schlängelten sich an den Säulen hinauf und ließen lange Tentakel von der hohen Glaskuppel baumeln.

KEIN ZUTRITT stand auf dem Schild an der Tür. Marthas Hand war bereits auf der Klinke.

»Warte«, sagte ich. »Lass uns erst mal außen herum schauen.«

Wir schlichen an den Glaswänden entlang und spähten durch den Pflanzendschungel hinein.

»Da ist Boy!«, sagte Martha endlich. »Auf was sitzt der da?«

Ich wischte das Glas ab. Boy hockte auf einem hohen, oben abgeflachten Steinblock. Ich schaute auf die Buchstaben, die in die efeuüberwucherte Seite eingemeißelt waren, und mir wurde schlagartig klar, was das war. Ich wusste auch, was die bleichen Hubbel zu bedeuten hatten, die um den Steinblock herum im Boden aufragten. Wenn man Eltern hat, die es für ein spannendes Sonntagsvergnügen halten, der Roten Keulenschrecke oder dem Ulmen-Zipfelfalter nachzujagen, verbringt man ziemlich viel Zeit auf Friedhöfen.

»Das ist ein Grab«, sagte ich.

»Ja, schon«, entgegnete Martha, »aber wer begräbt Tote in einem Gewächshaus?«

»Nein, andersrum: Wer baut ein Gewächshaus über einem Friedhof? Das sind alles alte Gräber. Schau doch mal, die Steine dort – die sind schon ganz schief und moosig. Hey, was macht er denn jetzt?«

Boy hatte seinen Zylinder verkehrt herum auf dem Grab neben sich liegen. Jetzt griff er hinein und zog einen Wurststrang heraus. Er nahm eine Gartenschere, schnitt eine Wurst am einen Ende ab und schleuderte sie geschickt aus dem Handgelenk in das wuchernde grüne Dickicht. Die Blätter rauschten auf und kräuselten sich.

Dann landete die nächste Wurst im Dickicht und wieder kräuselten sich die Blätter.

»Was ist das?«, wisperte Martha. »Was ist da drin?«

»Keine Ahnung«, flüsterte ich zurück. »Aber auf jeden Fall nicht Caramel.«

»Ich frage ihn, was er da macht!« Martha drehte sich wieder zur Tür um, als wir plötzlich etwas hörten, das uns erstarren ließ.

»Boy? Garten-Boy? Bist du da drin?«, rief Tante Grusilla und schüttelte die Regentropfen von ihrem Schirm ab.

Boy fuhr kerzengerade hoch, als hätte er einen Stromschlag erhalten. Er warf die Würste in seinen Hut, knallte ihn wieder auf seinen Kopf und glitt von dem Grab herunter. Dann schnappte er sich einen Spaten und schaufelte hastig einen Haufen Erde in ein langes rechteckiges Loch.

Tante Grusilla bahnte sich einen Weg durch die Palmen, mit Lambkin unterm Arm, und spähte in das Loch hinunter.

»Wo in aller Welt ist Bessie Fleaspoon?«, fragte sie. »Warum ist sie nicht da unten?«

Boy ließ den Kopf hängen. »Die is in ihrem Sarg, M'Lady. Im Friedhof von Witches' Cross – in der Ecke, wo im Frühling die ersten Narzissen blühen.«

»Du alter Narr!« Tante Grusillas Kinne wabbelten vor Wut. »Schwachkopf! Du weißt doch, wie es funktioniert. Du nimmst die Leiche aus dem Sarg. Du füllst den Sarg mit Kartoffeln, damit er schwer genug ist, und du fährst die Kartoffeln zur Beerdigung. Die Leiche vergräbst du hier, damit die Erde angereichert wird. Niemand erfährt davon.Du kennst doch das Sprichwort: Was ich nicht weiß, macht mich nicht heiß. Du machst das weiß Gott schon lange genug. Was hat es für einen Zweck, ein Grab auszuheben und wieder aufzufüllen, wenn keine Leiche drinliegt?«

»Es war doch Bessies Beerdigung«, verteidigte Boy sich mit bebender Stimme und rang seine knochigen Hände. »Und es is nich recht, wenn 'n Mensch auf seiner eigenen Beerdigung nicht unter den Boden kommt. Was wir da machen, is falsch, M'lady. Auch 'n Toter hat Rechte, selbst wenn seine Seele davongeflogen is. Respektlos is das, jawoll.«

»Ach, hör auf mit dem Mumpitz«, fauchte Tante Grusilla und ließ den zappelnden Lambkin fallen, dass er beinahe in das offene Grab fiel. »Hier ruhen die Bones von Daundelyon. Bessie

Fleaspoon und ihresgleichen können sich glücklich schätzen, dass sie in ihrer Gesellschaft verwesen dürfen. Was soll falsch daran sein? Das ist Natur, weiter nichts. Asche zu Asche, Staub zu Staub, Kompost zu Kompost. Der ewige Kreislauf des Lebens. Die Pflanzen, die hier drin wachsen, brauchen fette, nahrhafte Erde. Sie brauchen Fleisch, Blut und Knochen. Wie sollen sie gedeihen, wenn sie nicht gefüttert werden? Du bist der Gärtner, also müsstest du es eigentlich wissen. Ist ja schließlich dein Job, sie zu pflegen.«

»Tu ich doch«, winselte Boy. »Ich steck sie nachts in ihren Beeten fest, wie wenn sie mein eigen Fleisch und Blut wären, meine eigenen Kinderchen. Ich gieße sie und rede ihnen gut zu. Es gibt keinen Tag im Jahr, M'lady, an dem meine Wirsinge hungern müssen.«

Plötzlich stieß Lambkin ein aufgeregtes Kläffen aus und verschwand im Farn. Schwanzwedelnd tauchte er wieder auf, eine Wurst in seinem Maul.

Boy riss sie ihm weg und versteckte sie hinter seinem Rücken.

»Gib das sofort her!«, verlangte Tante Grusilla und streckte ihre Hand aus. »Oder ich rufe Pokiss und sie hext dir die schlimmsten Kneif-Krämpfe und Pockenpusteln deines Lebens an, dass du einen Monat lang nicht mehr schlafen kannst!«

Geduckt und mit gesenktem Kopf rückte Boy die Wurst heraus. Tante Grusilla nahm sie zwischen Zeigefinger und Daumen, die Federn in ihrem Haar wippten empört. Sie starrte Boy an, der sich schnell hinter einer eingetopften Palme in Sicherheit brachte.

»Du hirnverbrannter Trottel!«, fauchte sie wütend. »Was zum Teufel fällt dir ein? Die Hallowirsinge brauchen Blut und Knochen – und keine Würste! Noch dazu, wo diese Rüsselkäfer ihre Blätter auffressen und ihre Wurzeln abnagen. Du nudelköpfiger Narr! Ist es da ein Wunder, wenn sie verkümmern?« Tante Grusilla schleuderte die Wurst in das leere Grab. Lambkin tanzte am Rand herum und kläffte und sabberte wie verrückt.

»Das schadet doch nichts, M'lady.« Boy lugte vorsichtig zwischen den stachligen Palmwedeln hervor. »Ich jäte manchmal Unkraut für Missus Horsefeather, die Metzgersfrau, und die bezahlt mich in Würsten. Die Wirsinge sind ganz wild drauf – verschlingen sie ruck, zuck. All die Jahre hab ich gemacht, was Sie mir gesagt haben, M'Lady, aber bei jemand wie Bessie Fleaspoon zieh ich die Grenze. Hab sie schließlich gekannt, seit sie 'n stockdünnes Mädel war, und sie hat immer ein freundliches Wort und ein nettes Lächeln für mich gehabt. Und nu is es genug, M'Lady, ich schmuggle keine Toten mehr rein und lass ihre Angehörigen am leeren Grab trauern. Das is nicht recht. Es ärgert die Engel. Und wenn ein Mensch so lang gelebt hat wie ich, dann will er nicht auf Kriegsfuß mit den Engeln stehen.«

Tante Grusilla verschränkte die Arme vor der Brust. Ihr Gesicht war so finster wie eine Sturmwolke. »Ich bin tief enttäuscht von dir, Boy. Sir Dandelion hat immer gesagt, du hättest einen grünen Daumen.«

»Ja, und früher mal zehn grüne Finger«, knurrte Boy bissig zurück.

»Du weißt doch, wie wichtig es ist, diese Pflanzen am Leben zu erhalten«, sagte Tante Grusilla kalt. »Muss ich dich daran erinnern, dass wir bereits einen unglücklichen Zwischenfall hatten?«

»Das war nicht meine Schuld! Das war der Fleischpudding, M'lady«, sagte Boy flehentlich. »Der hat das gemacht. Ich würde doch nie und nimmer meinen Wirsingen was antun, das wissen Sie genau! Missus Horsefeather hat mir 'n Fleischpudding ganz für mich allein gegeben, weil ich ihre Hecken getrimmt habe. Ich hab dagesessen und ihn gegessen. Hab ihm nur 'ne Sekunde lang den Rücken gekehrt, um die Katze rauszutun. Die schleicht manchmal hinter mir rein, weil es hier drin so schön warm is. Ich konnt doch nicht wissen, dass meine Wirsing Fleischpudding mögen! Und dass dieser eine freche Gierschlund ihn mit einem Haps runterschlingen würde! Hab mein Bestes getan, um ihn zu retten – und den Pudding auch –, aber es hat nix geholfen. Er is einfach dran erstickt.«

»Und sieh dir mal an, was deshalb mit Sir Dandelion passiert ist!«, sagte Tante Grusilla streng. »Wir haben dich gut für deine Arbeit hier bezahlt …«

»Drei Pence die Woche«, murmelte Boy und starrte auf seine Füße.

»Und wir haben dich in *Zeit* bezahlt. Ist das nicht mehr wert als drei lächerliche Pence?«

Boy krampfte seine verbliebenen neun Finger zusammen. »Zeit is was Schönes, solang man jung und flott auf den Beinen is, M'lady. Aber wenn die Gelenke knacken und die Knochen wehtun und der Wind einem die Haare vom Kopf bläst wie lauter Löwenzahnschirmchen und wenn man die meisten Zähne ausgespuckt hat, dann sieht das alles ganz anders aus. Dann isses nicht mehr so glanzvoll, jawoll. Es is gegen die Natur, wenn man 'nen alten Knacker zwingt einfach weiterzumachen, obwohl er sich nur noch hinlegen, die Kerze ausblasen und die alten Knochen in Frieden ruhen lassen will. Ich hör nachts immer Federn rascheln – das sind die Engel, die mich holen wollen, aber Sie lassen sie nicht. Es is unser Menschenlos, den Löffel abzugeben und weiterzugehen, wenn wir an der Reihe sind, und nicht in alle Ewigkeit rumlungern, wo wir nicht hingehören, wie Raureif im Mai. Selbst Sie, M'lady …«

Aber jetzt war er endgültig zu weit gegangen. Tante Grusilla packte den Spaten und schwang ihn wie eine Waffe. »Ich grab deinen aus!«, drohte sie. »Und hau ihn in Stücke.«

»Oh, bitte nicht mein Wirsing – bitte tun Sie ihm nix!« Boy rang flehend die Hände. »Er hat doch nie was Böses getan, außer was in seiner Natur liegt. Machen Sie mit mir, was Sie wollen, M'lady, hab lange genug gewartet, aber lassen Sie den Wirsing in Ruhe!«

Wer weiß, was als Nächstes passiert wäre, wenn der Wurm sich nicht in meinen Armen gelangweilt und laut zu quäken angefangen hätte.

Als Boy und Tante Grusilla die Köpfe nach dem Geräusch umdrehten, duckten wir uns schnell.

»Los, Tempo!«, flüsterte ich Martha zu. »Zum Haus zurück! Lauf!«

Kapitel Acht

Keuchend und tropfnass kamen wir im Haus an, nur um Pokiss am Fuß der Treppe vorzufinden, wo sie eine Rüstung mit einem Flederwisch entstaubte. Die Federn waren blau-golden und sahen aus wie die von Jacks Papagei.

»Abendesssen!«, zischte sie und fügte drohend hinzu: »Wer zzzuletzt kommt, kriegt noch Nachschlag!«

Die Letzte war dann Tante Grusilla. Sie schien nicht zu merken, dass wir klatschnass waren, als sie sich an den Tisch setzte. Und die schlechte Laune tropfte ihr aus allen Poren. Nach jedem Mundvoll Essen presste sie die Lippen zu einer dünnen, bösen Linie zusammen und ihre Mäusefellaugenbrauen und Spinnenbeinwimpern knisterten vor Zorn. Pokiss schnaubte unterdrückt, während sie das Essen auf unsere Teller klatschte. Was es war, konnte man nicht wirklich erkennen, aber ich dachte, bei den Pilzstücken wäre ich auf der sicheren Seite – bis eines davon seine Fühler ausstreckte und sich als Schnecke entpuppte.

Das Abendessen dauerte ewig und niemand redete. Mir schwirrte noch der Kopf von allem und ich versuchte mir zusammenzureimen, was wir gerade im Gewächshaus gesehen und gehört hatten. Tante Grusilla und Pokiss benutzten offenbar ihr gefaktes Bestattungsgeschäft, um an frische Leichen heranzukommen. Ich schob meine Schnecken auf dem Teller hin und her und kämpfte gegen die Übelkeit, die in mir aufstieg. Die Leichen begruben sie im Gewächshaus, aber warum? Und für was – oder wen – waren die Würste? Ich spähte um die toten Lilien herum. Martha zwirbelte gerade etwas um ihre Gabel, das wie das Laichkraut aus dem Schlossgraben aussah, und rümpfte die Nase.

Als Tante Grusilla fertig gegessen hatte, stieß sie quietschend ihren Stuhl zurück und stampfte davon, ohne Gute Nacht zu sagen. Pokiss räumte schnaubend unsere vollen Teller ab, sagte aber nichts. Der Wurm rieb sich die Augen.

»Wir können ihn nicht allein im Speicher oben lassen«, sagte ich, während wir die Treppe hinaufstiegen. »Er kann in meinem Zimmer schlafen.«

Martha fröstelte, Mums Strickjacke roch jetzt nicht mehr nach Mum, sondern eher wie nasser Hund.

»Du musst sie irgendwann ausziehen«, sagte ich zu ihr. »Du kannst doch nicht dein Leben lang damit herumlaufen.«

»Kann ich wohl, wenn ich will«, knurrte Martha und schloss sich in ihrem Zimmer ein, ohne mir ihre Hilfe beim Wickeln des Wurms anzubieten.

Als ich den Windelkampf siegreich bestanden und den Wurm in seinen Schlafanzug gezwängt und gezerrt hatte, legte ich ihn in eine meiner Schubladen, steckte die Decke um ihn fest und zog an der Mäusespieluhr. *Twinkle, Twinkle, Little Star.* Sobald ihm die Augen zufielen, ging ich zu Martha hinüber. Sie saß auf ihrem Bett, umgeben von ihren Dinos, und malte.

»Das sind Mum und Dad und die Kannibalen«, erklärte sie mir, als ich mich über ihre Zeichnung beugte. »Und alle essen Brot mit Erdnussbutter. Weil das nämlich Vegetarier-Kannibalen sind.«

»So was gibt es nicht«, sagte ich.

»Das ist *mein* Bild«, beharrte Martha trotzig. »Und ich kann malen, was ich will. Dan, warum hat Tante Grusilla im Gewächshaus so herumgeschrien? Was hat Boy denn gemacht? Und wer hat die Würste gegessen?«

Ich schaute sie an. Sie kaute an ihren Fingernägeln und hatte dunkle Ringe unter den Augen vor Erschöpfung. Ich hörte Mums Stimme in meinem Kopf: »Pass auf Martha auf, ja, Dan?«

»Die Katze«, sagte ich. »Wahrscheinlich war es die Katze.«

Aber das stimmt nicht. Das weißt du genau. Boy hat die Katze rausgescheucht. Ich wollte nicht länger darüber nachdenken. Nicht jetzt, wo es immer dunkler wurde und Äste wie Klauen an den Fenstern kratzten. Ich hörte das Tck-tck-tck des Totengräberkäfers.

Der Tod ist im Haus ...

Ein leeres Grab im Gewächshaus.

Und wir hatten Caramel immer noch nicht gefunden.

»Ich glaub nicht, dass Caramel im Gewächshaus ist«, sagte ich zu Martha. »Aber sie kann nicht weit weg sein. Morgen finden wir sie.«

»Ich will sie aber jetzt.« Martha funkelte ihre Dinosaurier unter zusammengezogenen Augenbrauen an. »Sie erzählt mir immer Gute-Nacht-Geschichten.«

Ich seufzte. »Also gut, dann übernehme ich das jetzt.«

»Ja, okay. Mach«, sagte Martha.

Ich hob einen Plastik-Diplodocus auf. Mein Kopf war plötzlich wie leer gefegt. »Ähm ... okay ... also es war einmal ein ...«

»Mann, ich bin doch kein Baby!« Ein Stegosaurus und ein Parasaurolophus fielen vom Bett herunter, als Martha sich die Decke bis unters Kinn hochzerrte. »Caramel hat mir *richtige* Geschichten erzählt. Gespenstergeschichten. Horrorgeschichten. Von Onkel Rolys Zähnen.«

»Nein, nicht Onkel Roly.« Ich schüttelte den Kopf. Martha hatte Caramel so lange gequält, bis sie schließlich nachgegeben und uns die grässliche Geschichte von Onkel Roly erzählt hatte. Ich hatte danach nächtelang Albträume, dass ich von einem mörderischen künstlichen Gebiss bei lebendigem Leib aufgefressen wurde.

Schließlich erzählte ich ihr, was am Nachmittag im Dunkelwald passiert war – von dem Piratenschiff in den Baumwipfeln und einem Mädchen namens Jacobina Bone, die weglief, um zur See zu fahren, und dann der berühmte Pirat Black Jack wurde.

»Du bist ein schrottiger Geschichtenerzähler«, murmelte Martha schläfrig, als ich zu Ende geredet hatte. »Du hast gesagt, es ist eine wahre Geschichte.«

»Ist es ja auch. Morgen Nachmittag bin ich mit Jack im Irrgarten verabredet. Dann kannst du es selber sehen.«

Martha hatte sich tief unter ihrer Bettdecke vergraben. Der Wind fegte durch das offene Fenster herein und wehte die Vorhänge hoch – nur deshalb bemerkte ich den bleichen Fleck in der Ecke des Fenstersimses. Pokiss' kleine Wachspuppe mit der Nadel im Bein.

»Was machst du da?«, fragte Martha.

»Nichts.« Ich zog die Nadel heraus, beugte mich aus dem Fenster und ließ sie in die Dunkelheit fallen. »Tut dein Bein immer noch weh?«

Die Dinos flogen in hohem Bogen vom Bett, als Martha probeweise ihr Bein hochkickte. »Nein, jetzt ist es wieder okay.«

Ich kramte die blaue Perle aus meiner Hosentasche hervor, den letzten von Caramels Schutzzaubern. Aber die Perle war nicht da. Sie musste mir herausgefallen sein, als ich kopfüber im Dunkelwald gebaumelt hatte. Und dabei war es das Einzige, was uns noch vor Pokiss schützen konnte. Es sei denn …

»Martha, ich brauch mal deinen blauen Stift«, sagte ich hastig.

Martha sah mich verwundert an. »Da. Auf dem Boden. Ich hab Mum in ihrer blauen Jacke gemalt … Autsch, was machst du da?«

»Halt still.« Ich schnappte mir den Stift, riss die Bettdecke zurück, packte ihren Arm und krempelte ihren Ärmel hoch. »Ich mach dir ein Auge gegen den bösen Blick. So wie das von Caramel.«

»Und wozu?«, fragte Martha und riss sich los. »Nur, wenn du mir sagst, warum.«

»Darum«, sagte ich und hielt die Wachspuppe hoch. Ich wollte ihr keine Angst machen, aber mir war klar, dass es nicht anders ging. »Das sollst du sein. Pokiss hat sie gemacht. Dann hat sie eine Nadel reingerammt – genau hier.« Ich zeigte auf das linke Bein der Puppe. Ich hätte das Ding am liebsten wieder zu einem Wachsklumpen zerquetscht, aber ich wusste nicht, was ich Martha damit antun würde. »Also, lässt du mich jetzt ein Auge auf deinen Arm zeichnen? Das hält Verwünschungen ab, hat Caramel gesagt.«

Martha erhob keine Einwände mehr. Sie saß still da, starrte auf die Puppe und rieb sich das linke Knie, bis ich fertig war, dann nahm sie mir den Stift ab. Das blaue Auge, das sie direkt über meinem Ellbogen aufmalte, sah viel echter aus als meins. Martha kann eindeutig besser zeichnen als ich.

»Dan«, sagte sie, als ich aufstand, um in mein Zimmer zurückzugehen.

»Was?«

»Das, was Pok-Zisch mit der Puppe gemacht hat, um mir wehzutun, wird sie noch büßen. Ich zahle es ihr heim, du wirst schon sehen.«

Der Wurm wachte mitten in der Nacht auf und fing an zu schreien. Die Fensterrahmen ratterten im Sturm, der Regen prasselte gegen die Butzenscheiben. Ich tappte barfuß über den splittrigen Dielenboden, zog die Vorhänge zurück und schaute in den Dunkelwald hinaus. Ich fragte mich, ob Jack und ihr Papagei an Bord der Flying Goose schliefen. Ein Mondstrahl drang durch einen Riss in der Wolkendecke und tanzte auf dem wirbelnden Fluss. Fröstelnd zog ich die Vorhänge zu und nahm den Wurm mit zu mir ins Bett.

Kurz darauf – mir kam es höchstens wie eine Minute vor – schreckte ich erneut aus dem Schlaf hoch. Der Wurm schnarchte friedlich, eingekuschelt in meiner Bettdecke, aber aus Marthas Zimmer nebenan drangen laute Geräusche.

»Verdammte Pferdekacke! Das mach ich nicht!« Der Tag hatte kaum angefangen und Martha hatte bereits ihren ersten Anfall. »Ich denk ja gar nicht dran.«

Dann donnerte etwas gegen die Wand, gefolgt von einem weiteren Krach, dann noch einem und einem vertrauten »Tssss!«.

»Bössses Mädchen!«, zischte Pokiss.

Ich war jetzt hellwach und wälzte mich aus dem Bett. Nebenan warf Martha ihre Dinos herum. Ich duckte mich gerade noch weg, als ein Velociraptor in den Flur hinaussegelte und haarscharf an meinem Ohr vorbeischrammte. Pokiss hielt die Schürze und Haube in der Hand, die Martha am Tag zuvor getragen hatte, und einen Plastik-Tyrannosaurus-Rex. Als sie mich sahen, schrien beide gleichzeitig los.

»Wirft Sachen auf die arme Pokissss!« Pokiss zeigte mit dem Tyrannosaurus anklagend auf Martha. An ihrer Wange prangte ein roter Fleck. »Nicht nett isss dasss! Gar nicht nett!«

»Ich soll wieder ihren blöden Boden schrubben!«, knurrte Martha. »Das mach ich nicht. Ich bin noch gar nicht fertig mit Schlafen.«

Pokiss riss die Bettdecke zurück, packte Martha am Ohr und zog daran.

»Auuuaaa!«, jaulte Martha. Sie griff nach einem Dinosaurier, aber sie hatte alle scharfkantigen verbraucht.

»Faulpelzzz«, zischte Pokiss. »Runter mit dir, bevor der Porridge anbrennt. Pygmäe musss tun, was man ihr sagt. Sonssst wird Tantchen bössse, sehr bössse. Nicht nett.« Sie ließ die Schürze und die Haube vor Marthas Füße fallen und stolzierte an mir vorbei in den Flur hinaus. Ihre Flauschpantoffeln schlappten über die Dielenbretter.

Martha stand in ihrem Pyjama da und sah aus, als ob sie gleich explodieren würde. Sie holte tief Luft und öffnete den Mund.

»Bitte nicht«, flehte ich, bevor sie zu brüllen anfangen konnte. »Tante Grusilla redet schon davon, dass sie dich an den Nordpol in ein Heim für lästige Kinder schicken will.«

»Ist mir doch egal!«, fauchte Martha. »Dann lauf ich einfach weg und lass mich von Eisbären aufziehen. Das wäre immer noch besser als das hier.«

»Nein, wär es nicht«, widersprach ich. »Du würdest erfrieren. Du hast nicht das richtige Fell dafür. Und Eisbären fressen keine Pizza. Du müsstest rohes Robbenfleisch essen, so läuft das nun mal mit der Nahrungskette. Bitte, Martha – du musst mir doch helfen Caramel zu finden. Mach einfach, was sie wollen, und bring es hinter dich, dann können wir nach Hinweisen suchen.«

Zu meiner Erleichterung ließ Martha die Luft ab. »Warum muss *ich* immer ihr Sklave sein, und nicht du?«, beschwerte sie sich. »Nur weil du ihr blöder Erbe bist!« Sie blies die Backen auf, um Tante Grusilla nachzuäffen. »Komm her, mein süßer kleiner Dandelion, komm und lass dich von meinen borstigen Kinnhaaren kitzeln und schnupper mal mein Tote-Maus-Parfüm!«

Pokiss wartete oben an der Treppe, in der Hand einen langen Reisigbesen. »Fegen, du sssolllstt fegen!«, befahl sie und zeigte den Flur entlang.

Martha funkelte sie wütend unter ihrer Haube hervor an, protestierte aber nicht.

Ich ging in mein Zimmer zurück. Der Wurm war wach, kaute genüsslich an seinen Zehen und gurgelte den Robo-Vorfahren an. Ich hatte gerade einen weiteren Windelkampf bestanden, als die Tür aufkrachte. Tante Grusilla stand auf der Schwelle.

»Ich bin gekommen, um den Dent de Lyon zu holen«, verkündete sie. »Ich habe einen Job für ihn.«

Sie zwängte das Schwert aus Sir Lyons Eisenhand und ich starrte unwillkürlich auf ihr Haar. Heute war es um eine silberne Uhr herum aufgetürmt, deren Zeiger auf fünf nach eins stehen geblieben waren. Das Ganze war von einem Strauß blau-goldener Federn gekrönt.

»Tante Grusilla, sind das Papageienfedern?«

»Ah, du bewunderst meine Coiffure?« Tante Grusilla tätschelte ihr Haar und sah sehr erfreut aus. »Pokiss hat sie mir gemacht. Dein Onkel Dandelion hatte mal ein Papageienpärchen. Grässliche Vögel. Das Weibchen hat eines Tages ein Ei in mein Haar gelegt – das war das Ende von Pretty Polly. Ich habe ihr den Hals umgedreht und Pokiss hat sie gebraten. Mit Zwiebelfüllung. Das Männchen ist weggeflogen, sonst hätte ich mit ihm dasselbe gemacht.« Die Federn schwankten und nickten, als sie den Zahn des Löwen in der Luft herumschwenkte.

»Wozu brauchst du das Schwert?«, fragte ich.

»Ach, kleine Gartenarbeit«, erwiderte Tante Grusilla. »Im Gewächshaus.« Ich ging zum Frühstück hinunter, mein Kopf schmerzte von den vielen Fragen, die darin herumschwirrten. Wo war Caramel? Was lebte dort im Gewächshaus und verschlang Würste? Wer brauchte ein Schwert für die Gartenarbeit? Was war mit all den fehlenden Fingern passiert – und wovor hatte Jack mich zu warnen versucht?

Lambkin lag am Fuß der Treppe, die Nase auf den Pfoten, und winselte.

»Was ist denn, Lambkin?« Ich beugte mich hinunter, um ihn zu tätscheln, aber er rollte mit den Augen und knurrte mich an.

»Er mag es nicht, wenn man ihn Lambkin nennt«, rief Martha von oben herunter. Sie hatte sich den Besen zwischen die Beine geklemmt, als hoffte sie, dass er mit ihr davonfliegen würde. »Das ist ihm peinlich. Er hätte lieber einen wilderen Namen. Zum Beispiel Wolfsfang.« Sie stieg von ihrem Besen und kam die Treppe herunter. »Hey, Wolfsfang!«, sagte sie, kniete sich zu ihm und streckte die Hand aus. Der fedrige Schwanz fing an zu wedeln.

»Martha, schau dir mal den Schwanz an.« Ich hatte es bisher nicht bemerkt, aber da stimmte etwas nicht. »Das ist wie bei allen anderen, da fehlt ein Stück!« Ich zog das lange Haar auseinander und tastete nach der Spitze – die nicht da war. Lambkin-Wolfsfang knurrte wieder.

»Du ärgerst ihn«, sagte Martha. »Oder würde es dir gefallen, wenn dich jemand in den Schwanz kneift? Hör mal, Dan, ich hab was gefunden. Beim Fegen.«

»Beim Besenreiten, meinst du wohl.«

»Ich musste doch so tun, als ob ich fege«, sagte Martha, »weil Pokiss mich beobachtet hat. Aber dann ist sie durch diese Tür gegangen und da hab ich gesehen ...«

»Tsss!« Pokiss stand plötzlich hinter uns. »Spülküche, Abmarsch, losss! Töpfchen und Pfännchen waschen sich nicht von allein ab.«

Ich saß ganz allein mit dem Wurm, der in seinem Hochstühlchen thronte, an der langen Tafel beim Frühstück.

Der Wurm schien den Porridge zu mögen, aber Mum hätte es sicher nicht gut gefunden, ihn die »Rosinen« schlucken zu lassen. Ich bürstete die klebrige Pampe von den Flügeln ab und ließ sie wegschwirren, als plötzlich Tante Grusillas Stimme durchs Esszimmer hallte.

»Pokiss! *Pokiss!* Komm und zieh mir die Stiefel aus. Die sind voller Schlamm.«

»Tsss ... ist es erledigt?«, hörte ich Pokiss zischen. »Schnippe-schnappe?«

»Mitten durch«, bestätigte Tante Grusilla. »Ein Satz Wurzeln weniger zu füttern. Ein Gärtner muss sich von totem Holz befreien ... und wenn es vorher noch nicht tot war, dann aber jetzt, und zwar mausetot.«

»Tss, den Hallowirsssingen wird das aber nicht gefallen«, schnaubte Pokiss. »Der Alte hat sie gepflegt, seit sie kleine Setzlinge waren, nicht größer als Gänseblümchen. Er kennt sich aus mit ihrer Art und sie mögen ihn.«

»Ach, Humbug«, brummte Tante Grusilla. »Boy hat die Pflanzen ins Kraut schießen lassen. Und mit Gemüse ist es wie mit Kindern: Die Aufzucht verlangt Disziplin und regelmäßiges Zurechtstutzen. Gärtnern ist harte Arbeit und jetzt ist mein Haar zerzaust. Du musst mit raufkommen, Pokiss, und mir helfen es wieder in Ordnung zu bringen.«

Ich schlug die Wolke von geretteten Rosinen weg, die mir

um den Kopf summte, und lauschte auf ihre Schritte, die sich die Treppe hinauf entfernten. Das bedeutete, dass Martha jetzt allein in der Spülküche war. Der Wurm schmierte sich begeistert Porridge über das Gesicht und quäkte, als ich ihn aus dem Hochstuhl herausnahm.

»Psst«, zischte ich ihm zu. »Wir gehen zu Martha.«

Ich schlich durch die Tür, die Pokiss immer benutzte, wenn sie die Teller ins Esszimmer brachte oder in die Küche zurücktrug. Ich war noch nicht weit gekommen – nur ein paar Stufen hinunter und ein Stück weit einen kalten Steinflur entlang –, als der Radau zu mir drang.

»Mist!«, schimpfte jemand.

Die Küche war eine dunkle Höhle mit lauter hässlichen lauernden Fratzen, die in die geschwärzten Balken geschnitzt waren. Der Herd war breit genug, um einen Elefanten am Spieß zu braten, und der gusseiserne Kochtopf, der darauf blubberte, hätte locker als Babybadewanne herhalten können. Stinkende Dampfschwaden, die von verbranntem Porridge, Schneckenragout und Mäusehack herrührten, mischten sich mit dem Geruch nach Sägemehl und Möbelpolitur. Überall waren Särge aufgestellt und übereinandergestapelt. Einige davon sahen gebrauchsfertig aus, mit glänzenden Griffen und seidigem Innenfutter, andere waren noch roh und unbehauen. Von der Küche ging ein kahler kleiner Raum ab, der nichts weiter enthielt als ein weißes Emaillebecken. Und davor balancierte Martha auf einem Stapel Bücher, die Ärmel bis zu den Ellbogen aufgekrempelt, umgeben von Wasserpfützen und zertrümmertem Porzellan.

»Warum stehst du auf den Büchern?«

»Na, warum wohl, du Döskopf.« Sie flappte mit ihren Ellbogen, die Hände bis zu den Handgelenken im Seifenschaum. »Weil ich sonst nicht an den Wasserhahn rankomme, du Pygmäe.« Ich duckte mich schnell, als sie mir einen fettigen Löffel an den Kopf warf.

»Pok-Zisch lässt mich den ganzen Dreck wegmachen«, schimpfte sie empört. »Und schau dich mal um, wie viel noch da ist! Ich glaube, die hat keinen einzigen Teller abgewaschen, seit wir hier sind. Sie hat alles für mich übrig gelassen. Ich hasse sie!«

Ich starrte die Bescherung auf dem Boden an. »Was hast du denn da kaputt geschmissen?«

»Einen blöden Teller.« Martha strich sich mit einer seifigen Hand die Haare aus der Stirn. »Mit dem blöden Bone-Wappen drauf. Was meinst du, was sie mit mir macht, wenn sie das sieht?«

»Nichts«, sagte ich und holte den Besen aus der Küche. »Weil sie es nämlich gar nicht merkt.« Ich setzte den Wurm auf dem Boden ab, fegte die Scherben in einen Sarg und schob den

Deckel wieder drauf. »Da, bitte. Das kriegt keiner mit. Also jedenfalls nicht, solange der Sarg nicht gebraucht wird. Du hast gesagt, du hättest was entdeckt …«

Martha kramte in ihrer Tasche, streckte ihre Hand aus und hielt mir einen glänzenden kleinen lila Papierschnipsel unter die Nase. »Schokoladenpapier. Lag direkt am Ende des Gangs. Das ist ein Hinweis, Dan. Caramel ist in diese Richtung gegangen, ganz klar.«

»Tsss …«

Keiner von uns hatte den Schatten im Türrahmen bemerkt. Wir zuckten zusammen und Martha fiel vor Schreck beinahe von ihren Büchern herunter. Sie verkrampfte ihre Finger um den Papierschnipsel und stopfte ihn in ihre Tasche zurück, aber Pokiss achtete gar nicht darauf. Stattdessen schaute sie auf Marthas nackten Arm unter ihrem aufgekrempelten Ärmel. Und auf das blaue Auge, das ich draufgemalt hatte und das ihr voll ins Gesicht glotzte.

»Autsch!« Martha schrie laut auf vor Schmerz, als Pokiss sie am Ellbogen packte, auf ihren Arm spuckte und das Auge mit ihrem Schürzensaum wegrubbelte.

»Tsss.« Als die Tinte zu einem blauen Fleck verschmiert war, zischte Pokiss so wild, dass der Tropfen, der an ihrer Nasenspitze baumelte, auf Marthas Handgelenk platschte. »Hinterlissstige kleine Pygmäen …« Dann zerrte sie Martha in die

Küche, schubste sie in einen weißen, mit pinkfarbener Seide ausgekleideten Sarg und schob den Küchentisch dagegen, um den Deckel zuzuklemmen.

Ich stürzte mich darauf, aber Pokiss fing mich mühelos ab. Mit einem ihrer knochigen Knie nagelte sie mich an der Spüle fest, dann zog sie lange Gummihandschuhe an, zerrte meinen Ärmel hoch und verdrehte mir den Arm. Ihre Spülwasseraugen verengten sich zu Schlitzen, als sie Marthas Kunstwerk entdeckte.

»Bössser, bössser Master Dandelion! Hält sssich für so schlau, dass er die arme Pokisss austricksssen kann.« Sie griff nach einer Scheuerbürste und drehte den Wasserhahn auf. »Dasss werden wir gleich haben.«

Sie zerrte meinen Arm unters Wasser und rubbelte das Auge über meinem Ellbogen ab.

»Autsch … Sie tun mir weh!« Die Borsten waren rau. Ich wehrte mich mit aller Kraft, aber Pokiss rubbelte nur noch fester.

Dumpfes Rufen und Wummern drang aus dem weißen Sarg.

»Lassen Sie Martha raus!«, schrie ich und wollte mich losreißen. »Sie kann doch da drin nicht atmen …«

»Soll sssie auch nicht. Dafür ist ein Sssarg nicht da«, zischte Pokiss. »Das kleine Mäussschen hält lang genug durch in seinem Häussschen – falls es still ist.«

Als Pokiss mich endlich losließ, war mein Arm wund und kleine Blutperlen traten an der Stelle aus, wo das Auge gewesen war. Sie gab mir einen Schubs, sodass ich auf den Boden neben dem Wurm stürzte, dann kam Martha an die Reihe. Sie platzte aus dem Sarg hervor, keuchend und mit rotem Gesicht. Obwohl sie wild um sich trat und schrie und kratzte, gab es kein Entrinnen vor Pokiss und ihrer Scheuerbürste.

Mein Arm pochte und ich hatte mir auch noch die Knie auf dem Steinboden angeschlagen. Der Wurm grapschte nach einem der Bücher und hinterließ ein paar breiige Fingerabdrücke auf dem Einband. Es war ein großer, schwerer Wälzer, in fleckiges Leder gebunden, und sah sehr alt aus. Ich warf einen Blick auf Pokiss. Sie hatte den Kopf gesenkt und war ganz auf Martha konzentriert, schrubbte und schrubbte, bis überall Seifenblasen herumflogen. Ich zog das Buch zu mir heran und klappte es auf.

Die Titelseite war schwarz, nur ein einziges Wort prangte in säuberlichen silbernen Blockbuchstaben darauf:

GRIMOIRE.

Ein Zauberbuch.

Das »G« entpuppte sich bei näherem Hinsehen als eine sich windende Schlange und die »Is« waren Knochen, das »M« war eine hässliche kleine Kreatur mit Klauenflügeln und das »O« ein Totenschädel.

Das Papier fühlte sich wie welkes Laub zwischen meinen Fingern an. Ein Auge auf Pokiss gerichtet, blätterte ich die Seiten um und atmete den modrigen Geruch ein. Die Handschrift war krakelig, die Buchstaben waren alle eng zusammengequetscht, sodass man sie nur schwer entziffern konnte. Einige der Überschriften konnte ich lesen:

Wie man die Rüben des Nachbarn verhunzt
Rezept zum Anhexen von Warzen, Furunkeln und verschiedenen schmerzhaften Schwellungen in den unteren Regionen

Einige der Seiten waren mit etwas markiert, das nach getrockneten Rattenschwänzen aussah.

Anleitung für den wirksamen Gebrauch von Einhorn-Dung zur Ausmerzung des Großen und Kleinen Rüsselkäfers.
Die Zeit anhalten – todsichere Tipps

Mir lief ein Schauder über den Rücken wie von tausend Spinnenfüßen. Hastig klappte ich das Buch zu, gerade noch rechtzeitig, bevor Pokiss Martha wegstieß und sich dem Wurm zuwandte.

»Ei, ei, Augenbrei … was seh ich denn da? Etwas, das mit einem W anfängt – Wickelkind.«

»Warum kannst du uns nicht einfach in Ruhe lassen?«, heulte Martha. »Du grässliche alte Hexe. Ich weiß, was du gestern mit der kleinen Wachsfigur gemacht hast, nur damit mir mein Bein wehtut. Du denkst, du bist so schlau und hexig, aber warte nur …« Martha kramte in ihrer Tasche und zog etwas heraus. Ich erkannte nicht gleich, was es war. Ein kleiner blassbrauner Klumpen, leicht zerquetscht, mit ein paar Fusseln dran. Erst als sie das Ding hochhielt, checkte ich, dass Martha selbst eine kleine Puppe geformt hatte. Und ich wusste, wer das sein sollte.

»Tss … tss … tss …« Pokiss lachte und lachte, bis Martha eine Gabel aus dem Abwaschstapel nahm und ihn der Puppe in den Bauch rammte.

Ich weiß nicht, wer von uns am verblüfftesten war, als Pokiss einen heiseren Schrei ausstieß und zusammensackte. Wahrscheinlich Martha, so erschrocken wie sie aussah.

»Hör auf, Martha!«, rief ich. Pokiss gab ein grässliches Röcheln von sich, das nach kämpfenden Katzen klang. »Du bringst sie ja um!«

»Ich wusste doch nicht, dass das wirkt«, verteidigte Martha sich. »Und außerdem geschieht es ihr recht.« Aber wenigstens zog sie die Gabel heraus.

Pokiss kam sofort wieder auf die Beine. Ihr Gesicht war bleich und verkniffen. Sie starrte Martha nur an.

»Lauf!«, schrie ich, doch als wir zur Tür herumwirbelten,

rutschte Martha in einer Spülwasserpfütze aus. Ich legte eine Vollbremsung hin und streckte meine Hand aus, um ihr aufzuhelfen, aber es war zu spät. Pokiss' kalte Finger schlossen sich um meinen Arm.

Sie stieß uns grob die Treppe hinauf und meine Haut kribbelte vor Angst. Wir hatten sie wütend gemacht, wir hatten sie verletzt. Nicht auszudenken, was sie uns jetzt antun würde ...

Mit grimmiger Miene schubste sie uns in Marthas Zimmer und konfiszierte alle Buntstifte. Dann, nach einem letzten bösen Blick, ließ sie uns allein. Ich hielt den Atem an, weil ich mir sicher war, dass sie uns zumindest einschließen würde, aber das tat sie nicht.

»Okay, das hat ja super funktioniert«, schnaubte Martha, sobald wir sicher sein konnten, dass Pokiss wirklich fort war, und unser Herzklopfen allmählich nachließ. »Du mit deinen blöden Augen. Mist, verdammter. Jetzt kann ich nicht mal mehr malen.«

»Wie hast du das gemacht?«, fragte ich. »Woraus hast du diese Puppe gemacht?«

»Toffee«, gab Martha zu. »Caramel hatte so eine Schokoladenbox und kein Mensch will die Toffees. Ich habe sie aufgehoben, nur für alle Fälle. Und gestern Nacht war ich so hungrig, dass ich sie doch noch essen wollte, aber dann fiel mir was Besseres ein. Ich hab gekaut und gekaut, bis sie weich wurden.

Die Puppe sieht haargenau wie Pokiss aus, findest du nicht? Spitze Nase und alles.« Sie hüpfte herum, hochzufrieden mit sich selbst. »Ich bin eine Hexe, Dan! Eine echte!«

»Hmmm«, sagte ich. »Das war vielleicht nur Zufall. Sie hat zu viele Fliegen gegessen oder Frösche und Mäuse oder was auch immer und davon hat sie Bauchschmerzen bekommen. Aber egal – wir müssen Caramel finden.«

Babys sind keine große Hilfe bei geheimen Missionen. Wir mussten also warten, bis der Wurm eingeschlafen war.

»Ich glaube, wir müssen ihn mal baden«, überlegte ich und schaute auf den angetrockneten Porridge, der wie eine Maske auf seinem Gesicht klebte.

»Nicht wir«, sagte Martha sofort. »Du. Du bist der Älteste und ich bin beschäftigt. Leg ihn doch einfach eine Weile in den Regen raus. Damit wäre das Problem gelöst.« Ohne ein weiteres Wort verschwand sie in ihrem Zimmer und zog mit einem Ruck die Tür hinter sich zu.

Die Badewanne war alt und fleckig und eine ganze Spinnenfamilie hauste darin. Ich wollte sie nicht ertränken, außerdem fand ich den Stöpsel nicht. Am Ende füllte ich den Nachttopf von Charles I. mit Wasser und viel Schaumbad, das musste genügen. Ich hatte ihn vorher ausgespült, falls er seit dem letzten königlichen Pinkeln nicht mehr sauber gemacht worden war.

Der Wurm bekam Schaum in die Augen. Er verzog das Gesicht und plärrte los. Ich wusste nicht, wie ich ihn zum Schweigen bringen sollte, und niemand kam mir zu Hilfe. Als ich ihn endlich abgetrocknet und wieder angezogen hatte, waren wir beide komplett erschöpft. Ich legte ihn in seine Schublade mit der Mäusespieluhr und ging Martha suchen.

Sie saß auf dem Boden in ihrem Zimmer, umgeben von einem zittrigen Kreis aus weißem Pulver. Ihre Augen waren geschlossen und die Lippen bewegten sich stumm.

Ich starrte sie an. »Was machst du da? Was soll dieses ganze Zeug?«

Martha öffnete die Augen. »Salz. Hab's in der Küche geklaut. Und jetzt sei still – ich wirke gerade einen Zauber.«

»Du kennst doch gar keinen Zauber«, wandte ich ein.

»Ich hab in Pokiss' Buch nachgesehen, als ich den Abwasch machen musste«, sagte Martha. »Und da war ein Zauber, wie man verlorene Gegenstände wiederfindet. Oder verlorene Menschen«, fügte sie hinzu.

Sie hatte Mums Strickjacke um sich gewickelt. Auf ihrem Schoß lag die Zeichnung von Mum und Dad, die sie gestern Nacht gemalt hatte, nur die Kannibalen waren herausgerissen.

»Ich habe die richtigen Worte gesagt«, fuhr sie fort. »Ich habe sie auswendig gelernt. *Wirf den Kreis dreimal aus. Was verloren ist, wiederfinden, die Magie wird's richten und wieder binden.*«

Keine Ahnung, was ihrer Meinung nach jetzt passieren sollte. Glaubte sie ernsthaft, dass Mum und Dad im nächsten Moment in einer blauen Rauchwolke hochpuffen würden?

Martha tunkte ihren Finger in den magischen Kreis, leckte das Salz ab und schnitt eine Grimasse. »Das war nichts«, sagte sie traurig. »Ich bin eine Schrotthexe.«

»Wahrscheinlich dauert es eine Ewigkeit, bis man es richtig kann«, tröstete ich sie. »Das ist ein bisschen wie Geige spielen. Komm schon, der Wurm schläft jetzt. Zeig mir, wo du das Schokoladenpapier gefunden hast.«

Kapitel Neun

Martha führte mich zu der Stelle, an der sie das Einwickelpapier aufgelesen hatte: den Flur entlang an einer weiteren Reihe von goldgerahmten Vorfahren vorbei, dann ein paar Treppen hinauf und hinunter, um einige Ecken herum, bis sie stehen blieb und auf einen Torbogen zeigte, der voller Wurmlöcher war.

»Genau hier. Neben der Tür.«

Ich glaubte zu wissen, wo wir waren. »Das ist der alte Turm«, sagte ich. »Wo Onkel Dandelion wohnt. Und wo wir laut Tante Grusilla auf keinen Fall reindürfen …«

»Und genau deshalb müssen wir rein!«, beharrte Martha. »Das ist wie an Weihnachten, wenn wir nicht in den Schrank gucken sollen, weil da die ganzen Geschenke drin sind. Wenn wir immer nur machen, was sie uns sagen, finden wir nie irgendwas. Und außerdem, wir können doch mal Onkel Dandelion besuchen, oder? Der ist bestimmt einsam, so ganz allein in diesem modrigen alten Turm. Sie haben ihn nämlich da drin eingesperrt.«

»Woher weißt du das?«, fragte ich.

»Ich habe Pokiss beobachtet«, erklärte Martha. »Sie musste die Tür aufschließen, um reinzukommen, und sie hatte zwei Schlüssel an einem Ring. Sie war nicht lange weg. Tante Dracula hat sie gerufen – die hat gekreischt wie eine Irre, bis Pokiss zurückgekommen ist und nachgesehen hat, was sie will. Und Pokiss … also die hat vielleicht gezischt und geknurrt, Mannomann. Sie hat sich noch nicht mal die Mühe gemacht, die Tür wieder abzuschließen. Ich hab die ganze Zeit die Luft angehalten und keinen Mucks gemacht. Ich glaube, sie hat vergessen, dass ich da war.«

Ich rüttelte am Griff und die Tür öffnete sich knarzend. Wir gingen durch und standen auf halber Höhe einer engen Wendeltreppe, die zwischen gebogenen Wänden hinaufführte. Die Luft war kalt und feucht, graues Licht sickerte durch die Mauerschlitze herein. Ich spähte durch einen und stellte mir die längst vermoderten Bogenschützen vor, wie sie über den Burggraben zielten.

Martha war bereits die Treppe hinaufgegangen. Die Stufen waren in der Mitte ganz blank gescheuert von den zahllosen Füßen, die im Lauf der Jahrhunderte treppauf, treppab gelaufen waren. Am oberen Absatz kam die nächste wurmzerfressene Tür und rechts und links davon standen zwei Ritterrüstungen – wie Burgwachen mit langen, scharfen Lanzen in den Händen. Der Schlüssel im Türschloss war ein ganz altmodisches, verschnörkeltes Ding. Und an dem Ring hing noch ein zweiter.

»Hab's dir doch gesagt«, triumphierte Martha. »Pokiss hatte es eilig. Sie hat vergessen ihn wieder mitzunehmen.«

Martha hatte bereits den Schlüssel umgedreht und wollte die Tür aufstoßen.

»Lass uns lieber anklopfen«, bremste ich sie. »Wir können doch nicht einfach so reinplatzen, wenn Onkel Dandelion da drin ist.«

Dann klopfte ich höflich. Stille.

»Lauter«, sagte Martha und hämmerte mit den Fäusten gegen die Tür.

Immer noch Stille.

»Wir können reingehen«, sagte Martha. »Da ist niemand drin.«

»Und Caramel auch nicht«, wandte ich ein. »Sonst würde sie doch antworten.«

Martha stieß einen leisen Quieklaut aus und packte mich am Arm. »Dan, ich weiß, was Pokiss hier oben gemacht hat. Als sie wieder runtergekommen ist, hatte sie ein Maßband in der

Hand. Erinnerst du dich an den Tag, als wir angekommen sind? Da hat sie versucht Caramel auszumessen für …« Sie hielt inne und biss sich auf die Lippen.

Für ihren Sarg.

Meine Hand lag auf der Klinke. »Komm«, sagte ich. »Wir gehen rein.«

Die Tür schwang auf und wir hielten den Atem an. In meinem Magen tobten Fledermäuse vor Aufregung.

Wir waren ganz oben im Turm. Eine kleine rautenförmige Deckenluke ließ gerade genug Licht herein, dass man einigermaßen sehen konnte. Von Caramel keine Spur. Auf der einen Seite stand ein großes Himmelbett. Auf der anderen ein Pult mit einem altmodischen Tintenfass und einem Bündel Schreibfedern darauf. Dazwischen ein Lehnsessel, mit der Rückseite zu uns, der schräg vor dem Kamin stand. Ich konnte einen Ellbogen in einem seidigen Morgenmantel sehen und Füße in Pantoffeln auf einem Samtschemel. Auf die Pantoffeln war das Bone-Wappen mit goldenem Garn gestickt.

Martha schlich auf Zehenspitzen näher.

»Nicht«, hauchte ich und zog sie zurück.

Aber sie schüttelte mich ab. »Ich will nur mal sehen …«

Sie ging direkt zum Sessel und schaute Onkel Dandelion an. Eine Ewigkeit stand sie so da, die Augen weit aufgerissen.

Meine Haut fing an zu kribbeln. Ich ging jetzt ebenfalls näher und setzte meine Sneaker-Sohlen so lautlos wie möglich auf dem Steinboden auf. »Schläft er?«

»Ja, irgendwie schon. Aber du musst nicht flüstern.« Marthas Stimme klang komisch. »Der wacht nicht auf.«

»Wieso? Wie meinst du das?«, fragte ich. Obwohl es nur eine Möglichkeit gab, wie sie es gemeint haben konnte. »Er ist doch nicht … tot?«

»Ein bisschen. Oder eigentlich mehr als ein bisschen. Schau doch mal selber.«

Ich zögerte. Einerseits wollte ich, andererseits nicht. Langsam bewegte ich mich vorwärts, holte tief Luft und schaute auf die Gestalt im Lehnsessel hinunter.

Wie mein Großonkel Dandelion aussah? Keine Ahnung. Da war kein Gesicht. Ich starrte auf nackte, bleiche Knochen. Augenhöhlen, dann noch ein anderes Loch, wo die Nase gewesen war, und zwei Zahnreihen. Seine Knochenhände waren ordentlich auf dem seidenen Schoß gefaltet. Es waren jede Menge winziger Knochen – allerdings nicht so viele, wie es hätten sein müssen. Ein Finger fehlte.

Ich wich abrupt einen Schritt zurück. »Er hat mich angeblinzelt!«

Aber es war nur eine Spinne, die aus einer seiner leeren Augenhöhlen huschte.

»Wenn du brechen musst«, sagte Martha und zeigte auf einen Durchgang, »da drin ist ein Badezimmer.«

Es war nicht wirklich ein Badezimmer – eher ein Schrank mit einem Waschbecken und einer Toilette. Mir war nicht direkt schlecht, aber mein Herz schlug viel zu schnell. Ich spritzte mir Wasser ins Gesicht, bis meine Augen brannten, aber zumindest konnte ich wieder richtig atmen. Als ich mich mit einem Handtuch abtrocknete, das auch mit dem Bone-Wappen verziert war, fiel mein Blick auf etwas, das zusammengeknüllt in den Mülleimer geworfen worden war.

Lila Folie.

Ich stürzte mich darauf. »Martha – schau mal!«

Ihr Gesicht hellte sich auf, als sie das Einwickelpapier glatt strich und daran leckte. »Das schmeckt immer noch schokoladig.« Sie schaute auf den Ohrensessel. »Dan, warum haben sie ihn hiergelassen? Und warum tun sie so, als ob er noch lebt?«

»Wegen der Prophezeiung.« Ich versuchte es mir irgendwie zusammenzureimen. *»Ein echter Bone muss allzeit am Leben sein …«* Also brauchten sie Onkel Dandelion lebend, zumindest, bis wir gekommen waren. Aber ich konnte mir nicht vorstellen, dass man eine Prophezeiung so einfach austricksen konnte. Das hielt den Verfall von Daundelyon Hall doch nicht wirklich auf. »Komm, Martha, Caramel ist nicht hier. Lass uns gehen.«

»Ich will mir nur schnell die Hände waschen.« Martha huschte durch die Tür. »Dieses Papier ist total klebrig.«

»Aber beeil dich«, rief ich ihr nach. Ich wollte nicht allzu lange mit Onkel Dandelion allein gelassen werden.

Vorsichtshalber kehrte ich ihm den Rücken zu und betrachtete das Ölgemalde, das an der Wand hing. Ein Mann und eine Frau in altmodischen Kleidern saßen sich an einem Kamin gegenüber. Die Frau war mit Juwelen behängt. Ihr Rock bauschte sich um sie herum und ihr Haar war aufgetürmt wie Zuckerwatte. Sie hielt einen bemalten Fächer in der Hand und auf ihrem Schoß saß ein kleiner schwarz-weißer Hund.

Ich sah den Hund an und er schaute zurück. Er hatte die gleichen vorquellenden Knopfaugen wie Lambkin-Wolfsfang.

Der Mann trug eine weiße Lockenperücke, weiße Strümpfe und Schnallenschuhe unter einem steifen Samtmantel. Sein Gesicht war schmal und kummervoll und er hatte zwei kleine Falten zwischen den Augen, genau wie Dad, wenn er nachdachte. Hinter ihm stand, eine Hand auf seiner Stuhllehne, ein Mädchen mit dunklem Haar und dem gleichen schmalen Gesicht. Man sah ihr von Weitem an, dass sie sich langweilte und lieber woanders gewesen wäre. Mal angenommen, sie würde ein Auge verlieren und dafür einen Schnurrbart gewinnen ... wie würde sie dann aussehen? Ich war mir sicher, dass ich die Antwort darauf wusste.

Unten in der rechten Ecke der Leinwand prangte eine verschnörkelte Signatur und ein Datum in römischen Ziffern:

MDCCX.

Du hast das in der Schule gelernt, Dan, du musst es lesen können, sagte ich mir.

M: das war leicht – 1000.

D: was war das noch mal? 500?

C und noch ein C: das waren also 200.

X: 10.

Ich rechnete ein bisschen herum und bald hatte ich die Lösung. Da waren sie alle: Onkel Dandelion, Tante Grusilla und der kleine Lambkin. Und Jack. Gesund und munter im Jahr 1710.

Vor mehr als 300 Jahren!

Meine Haut begann zu kribbeln und ich hörte mein eigenes Herz klopfen. Wenn die Grenze zwischen »unmöglich« und »möglich« immer mehr verschwimmt, wie soll man dann noch wissen, was wahr ist und was nicht?

»Martha? Los, beeil dich! Ich muss dir was zeigen!«

»Moment noch!«, rief Martha zurück. »Ich will nur …«

Dann das Rauschen eines sich leerenden Wassertanks, ein Knarzen – und ein Luftschnappen, das in einen Schrei überging.

Und dann nichts mehr.

Ich stürzte ins Badezimmer und sah gerade noch, wie die Falltür vor der Kloschüssel wieder zuging.

»Martha? Martha?«

Ich scharrte am Boden, aber es half nichts. Ich zwang mich, ruhiger zu werden und nachzudenken. Die Rohre gurgelten, als der Wasserbehälter sich wieder auffüllte. *Er öffnet sich, wenn die Spülung gezogen wird. Man muss nur aufpassen, dass man nicht an der falschen Stelle steht.* Das war nicht so einfach. Die Toilette war in eine Ecke gequetscht, der Hebel ganz dicht an der Wand. Ich kam nicht an ihn heran. Am Ende kletterte ich auf einen Holzschemel, die Knie an meine Rippen gepresst. Ich musste einen Arm über die andere Schulter ausstrecken, um den Hebel zu erreichen. Ich zog. Der Boden unter mir öffnete sich knarzend.

Ich rutschte vom Sitz herunter und klemmte schnell ein Handtuch in den Spalt, damit die Falltür sich nicht wieder schließen konnte. »Martha?«

»Ich bin klatschnass!« Ihre Stimme kam von tief unten. »Hier ist jede Menge Wasser. Dan, stell dir vor, ich hab sie gefunden! Ich hab Caramel gefunden! Sie ist okay, außer dass sie pausenlos niesen muss.«

»I glaub, i grieg ne Erkältung.« Caramels Stimme klang komisch, als unterdrückte sie ein Niesen. »Das isso kalg und feuch hier ungen …« Der Satz endete in einem Hustenanfall.

Ich lag auf den Knien und spähte in das Loch hinunter. Mit dem Licht meiner Uhr versuchte ich in die Dunkelheit hinunterzuleuchten, aber der Strahl war nicht kräftig genug, um bis zum Grund zu reichen.

»Sie haben sie ausgetrickst«, informierte mich Martha. »Sie haben ihr gesagt, Onkel Dandelion will sie sehen. Und dann hat Tante Dracula sie hier unten eingesperrt und einfach sich selbst überlassen.«

»Ich habe stundenlang gegen die Tür gehämmert und geschrien«, sagte Caramel. »Aber es kam niemand. Irgendwann hab ich aufgegeben. Dieses Skelett – also nichts gegen euren Onkel – hat mir Gänsehaut verursacht, deshalb hab ich mich im Badezimmer eingeschlossen, wo ich ihn wenigstens nicht sehen musste. Irgendwann musste ich auf die Toilette, und als ich runtergespült habe … na ja, ihr wisst ja, was dann passiert. Es geht ziemlich tief runter. Wir können froh sein, dass es überflutet ist und wir im Wasser gelandet sind. Sonst …«

»Sonst – klatsch!«, sagte Martha. »Und zum Glück«, fügte sie hinzu, »hatte Caramel ihre Tasche dabei und die war voller Schokolade. Aber jetzt ist nicht mehr viel davon übrig, also musst du uns retten, bevor wir hier unten verhungern.«

»Gibt es da eine Tür? Oder ein Fenster?« Ich versuchte mich zu erinnern, wie der Turm von außen aussah.

»Ich hab alle Wände abgetastet«, sagte Caramel, »aber ich hab nichts gefunden. Das Wasser sickert irgendwo rein.«

»Wir sitzen auf einem Sims oder so«, fügte Martha hinzu,

»aber wenn das Wasser weiter steigt, müssen wir bald im Kreis herumschwimmen wie Goldfische, bis wir ertrinken. Es wäre also echt gut, wenn du uns jetzt gleich rettest, Dan.«

Darin musste ich ihr recht geben, aber leider war es nicht so einfach.

»Lasst mich mal nachdenken«, fing ich an, dann hielt ich inne. »Da kommt jemand. Ich muss weg.«

»Versprich, dass du zurückkommst!« Marthas Stimme überschlug sich vor Panik.

»Keine Angst«, sagte ich. »Alles wird gut.« Mit Versprechen sollte man vorsichtig sein. »Ich hole euch hier raus.« Irgendwie, fügte ich im Stillen hinzu. Für mehr war keine Zeit. Die Schritte wurden lauter und ich hörte Stimmen. Mir blieb nichts anderes übrig, als das Handtuch aus dem Spalt herauszuziehen und die Falltür zuschnappen zu lassen.

Ich schoss aus dem Badezimmer und hechtete unter Onkel Dandelions Bett, zur großen Überraschung mehrerer haariger Spinnen. Bleibt, wo ihr seid, warnte ich sie. Oder Tante Grusilla reißt euch die Beine aus und macht falsche Wimpern daraus. Ich hatte mich gerade noch rechtzeitig in Sicherheit gebracht.

»Muss es unbedingt so ein großer Sarg sein?«, schnaufte Tante Grusilla und stellte die Kiste ab, die sie mit Pokiss zusammen heraufgeschleppt hatte. »Er ist doch nur noch ein Häufchen Knochen. Beeil dich, Pokiss. Sir Dandelion hat lange genug hier herumgesessen. Jetzt, wo der Erbe da ist, brauchen wir ihn nicht mehr. Wir können ihn endlich entsorgen.«

»Arme Pokiss«, brummte Pokiss. »Mach dies, mach das, sammle Knochen ein, fange ein Einhorn, dehne die Zeit in die Länge, pass auf die Pygmäen auf ... Wir hätten diese stachlige Igelbalg-Kreatur behalten sollen, dann könnte sie das jetzt erledigen.«

»Aber du hast doch gesagt, dass sie mit Amuletten förmlich übersät ist, was die Hallowirsinge verdorren lässt«, wandte Tante Grusilla ein. »Also hab ich sie verschwinden lassen. Warum ist da ein zerbrochener Teller im Sarg, Pokiss? Noch dazu von unserem allerfeinsten Bone-Porzellan.«

Ich hielt den Atem an, weil ich mir sicher war, dass Pokiss sich denken konnte, wer den Teller zertrümmert hatte. Aber seltsamerweise verriet sie Martha nicht. »Tsss ... Kobolde in der Spülküche« war alles, was sie sagte. »Sssooo lästig, die Biester.«

Dann folgte lautes Scharren und Schlurfen, begleitet von Grunzen und Ächzen, und schließlich ein Rattern.

»Vorsicht, Pokiss«, fauchte Tante Grusilla. »Pass doch auf, was du machst – schau nur, sein Fuß geht ab. So viele Knochen für eine einzige Person! Da, jetzt ist er drin. Du musst den Deckel festnageln, schnell. Wir wollen doch nicht, dass er uns auf halbem Weg rausfällt ...«

Ich musste jetzt sofort hier raus, sonst würden sie mich einschließen und ich säße in der Falle. Pokiss hämmerte die Nägel fest, während Tante Grusilla danebenstand und zuschaute. Zum Glück kehrten beide Onkel Dandelions Bett den Rücken zu. Ich schlängelte mich mit angehaltenem Atem darunter hervor und robbte zur Tür. Der abgewetzte Teppich war voller Staub, der mir in die Nase drang, und ... ich spürte, dass ein gewaltiger Niesanfall im Anzug war.

Ich kniff meine Nasenflügel fest zu. Auf dem Bauch kriechen und sich gleichzeitig die Nase zuhalten, das ist nicht einfach. Als ich es endlich zur Tür hinaus geschafft hatte, stand ich auf, drückte mich an die Wand und streifte meine Sneakers ab, damit sie mich nicht auf der Treppe hörten. Dann rannte ich los.

Keuchend kam ich in meinem Zimmer an, wo der Wurm sich in seiner Schublade regte.

Ganz ruhig, ermahnte ich mich, und nahm ihn hoch. Und denk nach! Es muss doch eine Möglichkeit geben, die beiden da unten rauszuholen.

Aber wie?

Ich lauschte: schlurfende Schritte draußen. Tante Grusillas schwerer Atem, dann ein Grunzen und ein leises Zischen von Pokiss. Onkel Dandelion war auf dem Weg nach unten.

Jack. Sie muss uns helfen. Wir waren um drei im Irrgarten verabredet. Und bis dahin gab es nichts, was ich tun konnte.

»Pokiss ist nach Witches' Cross gegangen«, verkündete Tante Grusilla beim Mittagessen. »Sie hat uns eine Pastete dagelassen.«

Eine Pastete, aus der lauter kleine Schnäbel herausragten. *Würg.*

»Die Katze hat wieder Spatzen angeschleppt. Wo ist das Mädchen?«, fragte Tante Grusilla. Sie schnitt die Pastete auf und reichte mir einen Teller voll schmutzig grauem Wasser und nassen Federn.

»Martha geht es nicht gut. Sie will nichts essen.« Ich auch nicht, dachte ich, als ich auf meinen Teller starrte.

»Was hat sie denn?«, fragte Tante Grusilla misstrauisch.

»Kopfweh. Und Bauchschmerzen. Und einen rauen Hals.« Ich zählte einfach alle Symptome auf, die mir gerade einfielen. »Und Pickel.« *Hör jetzt lieber auf, Mann, wenn du ihr noch mehr Krankheiten andichtest, ist sie tot.*

»Kriegt sie vielleicht auch Beulen?«, fragte Tante Grusilla hoffnungsvoll. »Das hört sich nach der Schwarzen Pest an. Heutzutage sterben die Leute nicht mehr so schnell wie früher und wenn die Pest wieder ausbricht, kriegen wir wenigstens ein paar neue Kunden. *Niesen und andere Zipperlein, Keime uns stets erfreun.* Aber du musst dich von ihr fernhalten, Dandelion. Wir brauchen dich gesund und munter. Bis morgen.«

»Bis morgen?« Halloween.

»Das ist ein großer Tag für dich.« Tante Grusilla pulte ein Federnstück aus ihren vergilbten Zähnen heraus. »Der erste Tag deiner Zukunft. Einer Zukunft der besonderen Art.«

Ich bugsierte einen Schnabel und eine winzige Kralle auf den Rand meines Tellers. Über die Zukunft hatte ich mir bisher nicht viel Gedanken gemacht. Ich war immer mit der Gegenwart zufrieden gewesen, also jedenfalls bis zu den Kannibalen. »Vielleicht werde ich mal Entomologe«, sagte ich. »So wie Mum und Dad. Wenn ich groß bin.«

»Dummer Junge.« Tante Grusillas Kinne wabbelten vor Lachen. »Wer redet denn von Großwerden?«

Es regnete noch immer in Strömen und der Himmel hatte die Farbe von Bleistiftminen. Tante Grusilla sagte, ich könne den Nachmittag in meinem Zimmer verbringen und den Familienstammbaum studieren.

»Das ist deine Geschichte, Dandelion«, verkündete sie und rollte ihn auseinander. Der Familienstammbaum war auf einer langen Papierrolle eingezeichnet, die steif vor Alter und voller Teeflecken war. »Ich komme später zurück und frage dich ab, also streng dich an.«

Ganz am Anfang standen Sir Lyon und Lady Clotilda. Eine lange Linie von Dandelion Bones zweigte davon ab und alle diese Bones heirateten und bekamen noch mehr kleine Dandelions. Ganz unten heiratete ein Sir Dandelion Perceval Bone eine Grusilla Dorcas Gosling-Shrike. Die beiden bekamen eine Tochter: Jacobina Berengaria Bone. *Jack*. Ich starrte auf das Datum, das in winzigen Ziffern neben ihrem Namen hingekritzelt war. 1699. Auf dem Gemälde im Turm oben musste sie also elf sein, so alt wie ich, und das bedeutete, dass sie jetzt dreihundertund …

Das ist unmöglich. Das kann nicht sein. Wie zum Teufel soll das gehen?

Der Nachmittag zog sich in die Länge. Der Wurm hörte nicht auf zu jammern und zu sabbern und wollte hochgenommen werden. Vorsichtig nach Tante Grusilla und Pokiss ausspähend, ging ich mit ihm zum Ende des Flurs, um die Tür zum Turm zu checken. Sie war abgeschlossen. Ich dachte an Martha und Caramel, die in ihrem feuchten Verlies niesten und schlotterten, und fragte mich, wo Pokiss den Schlüssel aufbewahrte.

Gegen halb zwei rieb sich der Wurm die Augen und war reif für das nächste Nickerchen. Erleichtert zog ich die Schnur an seiner Mäusespieluhr. Ohne ihn war es viel einfacher für mich, nach draußen zu schleichen und mich mit Jack zu treffen.

Unten zeigte die stehen gebliebene Großvateruhr ausnahmsweise mal die richtige Zeit an. Es war zehn vor drei und ich schlich gerade zur Eingangstür, als mir ein unverkennbarer Geruch nach Tod und Verwesung, Rosen und Ratten in die Nase stieg. Tante Grusilla. Oh, nein. Nicht jetzt!

»Dandelion? Wo willst du hin? Du gehst doch hoffentlich nicht in diesen Regen hinaus? Wir wollen ja nicht, dass du dich erkältest.«

Verzweifelt zermarterte ich mir den Kopf nach einer Ausrede, die sie dazu bringen würde, mich gehen zu lassen, als im Hof unten Hufgeklapper ertönte. Eine tropfnasse Pokiss zerrte an Deaths Zügeln, bis er dampfend und stampfend zum Stehen kam. Ich konnte kaum meine Augen von den vertrauten Flauschpantoffeln in den Steigbügeln losreißen und von den wabbeligen weißen Madenzehen, die vorne herausquollten.

»So lange kann es doch nicht dauern, einen Tontopf und einen Sack Kompost zu kaufen«, beschwerte sich Tante Grusilla. »Was hast du die ganze Zeit gemacht?«

»Na, wasss wohl? Eingekauft.« Pokiss glitt von Deaths Rücken und hievte eine Satteltasche herunter. »Molchauge, Froschzeh und Fledermaushaar, Filet von der Sumpfschlange. Gut … sssehr gut.« Als sie mich dabei ertappte, wie ich auf den Sack starrte, riss sie ihn weg. Aber nicht schnell genug. Ich konnte gerade noch einen Blick auf etwas werfen, das nach einer

Schachtel Cornflakes und einer Packung Hobnobs-Schokolade aussah. »Und«, fügte sie hinzu, »ein Einhorn.«

Tante Grusilla klatschte in die Hände. »Na endlich! Wo hast du es gefunden?«

»Im Sssecondhand-Laden von Nickett und Floggit, diesen Hehlern und Stehlern. Sssonderangebot, nur heute. Reinblütiges Monoceros Rarissimus, 1-a-Qualität. Nur ein Vorbesitzer. Barzahlung bei Lieferung.«

»Was? Ein Secondhand-Einhorn?« Tante Grusilla runzelte die Stirn. »Bist du sicher, dass Nickett und Floggit auch vertrauenswürdig sind? Diese Basilisken-Klauen, die sie dir letztes Jahr angedreht hatten, sahen mir verdächtig nach Hühnerfüßen aus. Und die Drachenschuppen haben eindeutig fischig gerochen. Und meine Warze haben sie auch nicht zum Verschwinden gebracht.«

»Mag sein, aber an ihrer Eselsmilch und ihrer Krokodilstränentinktur gab es nichts zu beanstanden«, erwiderte Pokiss steif. »Sonst hätten Sssie immer noch Ihren Zehenpilz. In der Not frisst der Teufel Fliegen. Einhörner wachsen nun mal nicht auf Bäumen.«

»Na, hoffentlich ist es gebrauchsfähig und produziert ordentlich Dung«, murrte Tante Grusilla. »Sonst will ich mein Geld zurück. Geh und schaff Platz im Stall, Pokiss. Ich laufe schnell hoch und zähle ein paar Guineen ab.«

Danach war es kein Problem mehr. Mich hatten sie komplett vergessen, also konnte ich unbemerkt an dem Löwen und dem Einhorn vorbeischleichen und in den Regen hinauslaufen. Es war jetzt zwei Minuten vor drei.

Kapitel Zehn

Der Himmel war dunkel und bedrohlich und es regnete keine Tropfen, sondern spitze Nadeln. Ich zwängte mich durch die zugewucherten Wände des Irrgartens, die stachligen Eibenzweige peitschten nach meinem Gesicht und meinen Armen. Meine Sneakers zogen Wasser, meine durchnässten Socken fühlten sich kalt und klamm an, aber ich spürte es kaum vor lauter Eile. Immer wieder schaute ich aufs nasse Gras, um das goldene Glitzern, das mir den Weg wies, nicht zu übersehen. Einmal verpasste ich eine Biegung und landete in einer Sackgasse. *Ich komme zu spät. Jack wartet nicht auf mich!* Ich kehrte um und die dunklen Hecken schlossen mich ein, rückten näher und näher und wölbten sich über meinem Kopf. Wenn Jack überhaupt kommt.

»Falafel«, krächzte eine Stimme über meinem Kopf. »Pommes frites. Fromage frais. Fischfrikadelle. Obstsalat.«

Ich atmete erleichtert auf. Wenn Der Schnabel da war, konnte Jack auch nicht weit sein.

Und tatsächlich, sie lehnte an der Venusstatue und knabberte Erdnüsse. »Bei Neptuns stinkenden Achselhöhlen, du siehst so fröhlich aus wie ein zermatschter Tintenfisch«, bemerkte sie. »Was ist denn los?«

»Alles«, keuchte ich. »Martha ist in ein Loch unter dem Klo gefallen. Und Caramel ist auch da unten, schon seit zwei Tagen, und jetzt ist sie erkältet und die beiden haben nichts zu essen, außer Schokolade, und Pokiss hat den Schlüssel und es dringt Wasser ein und Boy hat mir erzählt, was passiert, wenn das Verlies überflutet wird: ›Das Wasser wäscht die Knochen so weiß wie Schnee‹. Und ich kann sie nicht da rausholen und habe keine Ahnung, was ich tun soll ...«

»Langsam, langsam«, sagte Jack, als mir die Puste ausging. »Okay, und jetzt fang noch mal ganz von vorne an.«

Ich erklärte ihr alles etwas verständlicher, aber das Einzige, was Jack interessierte, war offenbar die Falltür und wie sie funktionierte.

»Eine Erfindung meines Vaters«, vermutete sie. »Er war ganz versessen auf alles, was Räder und Hebel hat. Für meine Mutter hat er mal einen Korsettschnürer erfunden und dampfbetriebene Lockenwickler. Sie konnte sich einfach nie damit abfinden, dass die Zeit immer nur vorwärtstickt, und deshalb hat er jahrelang an einer tickfreien Rückwärtsuhr gearbeitet. Die Uhr wurde von Mäusen betrieben, die in einem Laufrad herumrannten, aber die Tierchen haben immer wieder kehrtgemacht und sind in die falsche Richtung gelaufen, bis er sein Projekt schließlich aufgeben musste. Die meisten Mäuse sind entkommen. Nur eine hat sich in Mutters Haaren verfangen und sie bekam einen hysterischen Anfall. Daraufhin hat mein Vater einen mechanischen Mäusehäcksler erfunden. Das mit dem überfluteten Verlies stimmt übrigens«, fügte sie hinzu und bot mir eine Erdnuss an. »Das passiert jedes Mal, wenn der Fluss ansteigt.«

»Martha ist keine gute Schwimmerin!« Mir wurde ganz schlecht bei dem Gedanken. »Sie kann nur froschpaddeln und vergisst immer, wie man oben bleibt. Und es gibt keinen Weg da raus.«

»Doch«, widersprach Jack, »es gibt einen. Die meisten Gefangenen haben ihn nie entdeckt, jedenfalls nicht, bis das Wasser sie hoch genug hinaufgetragen hat, aber ungefähr auf halber Höhe des Schachts kommt man durch ein Loch in einen Gang. Und der führt hinaus. Da gibt es so eine alte Geschichte von einem längst verstorbenen Bone, einer von der grimmigen Sorte, der den Mann, der seine Tochter heiraten wollte, nicht ausstehen konnte. Er hat den armen Kerl ins Verlies geworfen, aber die Tochter war nicht der Typ, der so leicht aufgibt. Sie hat einen Tunnel gegraben und ihn gerettet. Gut für uns«, sagte sie und knackte eine Nuss mit den Zähnen. »Der Eingang ist in der Küche, aber du wirst mich dabei brauchen, damit ich dir den Weg zeigen kann. Da unten ist ein ganzes Labyrinth aus unterirdischen Gängen. Allein könntest du dich verirren und nie wieder auftauchen. Ich denke, wir versuchen es heute Nacht, das ist unsere beste Chance. Du schläfst doch im Zimmer des Erben, oder? Lass das Fenster offen. Wenn die Lichter ausgehen und alles still wird, komme ich dich holen.« Damit drehte sie sich um und wollte gehen.

»Nein, warte mal«, sagte ich. »Ich hab das Bild von euch in Onkel Dandelions Turm entdeckt. Und deinen Namen im Familienstammbaum. Und ich hab mir die Daten angesehen. Jack – *wie alt bist du?*«

Jack zuckte mit den Schultern. »Was sind schon Jahre – ich habe längst aufgehört zu zählen«, seufzte sie.

»Du kannst doch nicht ernsthaft mehr als dreihundert Jahre alt sein?«, sagte ich vorwurfsvoll. »So wie es im Familienstammbaum steht. Das ist unmöglich.«

»Möglich, unmöglich – so einfach ist es nicht immer.« Jack setzte sich auf den Marmorfuß der Venus. »Manchmal kann man das eine in das andere verkehren, wenn man es wirklich, wirklich will. Meine Mutter wollte ewig leben, mit aller Macht.

Sie selbst war nicht fähig diesen Traum zu verwirklichen, aber sie hat jemanden gefunden, der es konnte.«

Ich starrte Jack an. »Was … wen?« Aber ich wusste die Antwort bereits. »Pokiss! Sie ist eine Hexe, eine richtige, oder?«

»Die Gegend hier ist berühmt für ihre Hexen. Also früher mal«, sagte Jack. »Und sie wurden immer in Witches' Cross gehängt. Die letzte, die zum Tod verurteilt wurde, war ein Mädchen namens Eliza Fishblood. Niemand hat sich je viel um sie gekümmert, bis eines Tages das Schwein ihres Nachbarn verendete. Dann kamen die Gerüchte auf und verbreiteten sich wie ein Lauffeuer: Eliza könne sich in eine schwarze Krähe verwandeln und fliegen, sie könne Dämonen heraufbeschwören und sie besitze einen Kessel, in dem sie Babys koche. Die Dorfbewohner machten sich halb verrückt vor Angst, bis sie schließlich in Elizas Hütte marschierten und sie herauszerrten. Sie hat alles gestanden.«

»Warum?«, fragte ich verwirrt. »Wenn es doch gar nicht gestimmt hat?«

»Vermutlich, weil sie ihr alle Zehennägel ausgerissen haben«, sagte Jack grimmig. »Und danach wollten sie mit ihren Fingern weitermachen. Die Hexenjäger hatten damals ihre speziellen Methoden, um die Leute zum Reden zu bringen. Das ganze Dorf hat sich zusammengerottet, als Eliza in Witches' Cross gehängt werden sollte. Alle wollten sie am Galgen sehen.«

Ich stellte mir schaudernd das Seil vor, das am Henkersbaum baumelte, das arme Mädchen in seiner Todesangst und die Menge, die es kaum erwarten konnte, sie sterben zu sehen.

»Aber«, fuhr Jack fort, »im letzten Moment, als Eliza bereits die Schlinge um den Hals hatte, kam eine Pferdekutsche angerattert. Eliza wurde gepackt und die Tür hinter ihr zugeknallt. An den Kutschentüren prangte ein Wappen: ein Löwe und ein Einhorn, mit zwei gekreuzten Schwertern. Der Wagen wurde blitzschnell herumgerissen und die Pferde galoppierten den Weg zurück, den sie gekommen waren – nach Daundelyon Hall. Die Dorfbewohner jagten hinterher, aber das Fallgitter krachte herunter, ehe sie die Zugbrücke überqueren konnten. Eliza Fishblood wurde nie wieder gesehen.«

»Und was ist mit ihr passiert?«

Jack knackte eine Erdnuss in zwei Hälften. »Im Schloss oben gab es Probleme. Sir Dandelion wurde langsam alt und hatte keinen Sohn. Nur eine Tochter, aber die zählte nicht. Sein einziger Erbe war ein entfernter Neffe, der seinen Platz einnehmen würde, wenn er starb. Das passte seiner Frau nicht, die Herrin von Daundelyon bleiben wollte. Sie handelte einen Deal mit Eliza Fishblood aus. Dafür, dass sie das Mädchen vor der Schlinge rettete, sollte Eliza ihre Magie einsetzen, damit alles blieb, wie es war. Nichts sollte sich in Daundelyon Hall jemals ändern. In alle Ewigkeit nicht.«

Ich runzelte die Stirn. »Dann war Eliza also doch eine Hexe?«

Jack zuckte die Schultern. »Was immer sie ursprünglich auch gewesen sein mag, das war ihre einzige Chance. Man kann letztendlich alles werden, was man will, wenn man nur hart genug daran arbeitet. Und Eliza stürzte sich so verbissen in ihre Aufgabe, dass alle Lebenskraft aus ihr heraussickerte. Sie welkte dahin, bis schließlich nur noch …«

»… Pokiss übrig war«, beendete ich Jacks Satz. Ich dachte an Pokiss' leere Spülwasseraugen, an ihr farbloses Spinnwebenhaar, ihre kaputten Zehen. Mit Eliza hatte ich Mitleid, keine Frage, aber es fiel mir verdammt schwer, die Kreatur zu bedauern, zu der sie geworden war.

Jack nickte. »Tag und Nacht studierte Eliza ihre Bücher, ihre *Grimoires*. Als sie fand, was sie gesucht hatte – eine Möglichkeit, das Alter und den Tod aufzuhalten –, fing sie an zu experimentieren. Mit Mäusen, Ratten und Vögeln. Dann mit Lambkin und Boy.« Jack hielt inne und ihre neun Finger ballten sich zu Fäusten. »Und dann«, fuhr sie fort, »in der Nacht vor Allerheiligen, nach meinem vierzehnten Geburtstag, hat sie mich als Versuchskaninchen benutzt.«

»Dein Finger …«, hauchte ich. »Sie hat dir einen Finger genommen.«

Jack nickte. »Danach haben sie mich keine Sekunde mehr aus den Augen gelassen und abgewartet, was passieren würde. Sobald sich zeigte, dass es funktioniert hatte und ich keinen Tag älter wurde, hat Pokiss noch mehr Finger geraubt: ihren eigenen und den meiner Mutter und meines Vaters. Solange sie Sir Dandelion am Leben erhalten konnten, spielte es keine Rolle, ob sie einen Erben hatten oder nicht.«

»Und was macht Pokiss mit den Fingern?« Ich war mir nicht sicher, ob ich es wirklich wissen wollte, aber ich musste trotzdem fragen.

Jack schüttelte den Kopf. »Das habe ich nie herausgefunden. Und sie wollten es mir nicht sagen. Ich wusste nur, dass ich in der Falle saß, gefangen in Daundelyon Hall, auf ewig vierzehn, ohne Hoffnung, dass sich je etwas ändern würde. Nie. Mir blieb also nur eins: weglaufen. Ich war bis dahin nie weiter von zu Hause fort gewesen als bis Witches' Cross, aber ich folgte dem Fluss zur Küste – als Junge verkleidet, falls sich jemand die Mühe machen sollte, nach mir zu suchen. Mir war es egal, auf welchem Schiff ich landen würde oder wohin es fuhr. Hauptsache weit, weit weg von Daundelyon Hall. Als wir von Piraten gekapert wurden, trat ich ihrer Mannschaft bei. Die haben nie gemerkt, dass ich ein Mädchen bin. Piraten segeln nicht gern mit einer Frau an Bord. Die Jahre vergingen. Ich habe mehr Männer überlebt, als ich zählen kann, und schließlich war ich der Kapitän auf meinem eigenen Schiff – Black Jack, der Schrecken der Weltmeere, das war ich. Wir hatten aufregende Zeiten, die Goose und ich: gefährliche Seemonster, höllischer Pulverdampf und jede Menge Piratengold.«

»Und warum hast du dann aufgehört?«, fragte ich.

»Die Weltmeere sind nicht mehr das, was sie mal waren«, erwiderte Jack wehmütig. »Und so ging es irgendwann zu Ende. Meine Crew hat mir geholfen die Goose in den Hafen zurückzubringen, oder vielmehr in ihr Nest im Baum. Ich habe sie alle reich belohnt, dann ist jeder von uns seiner Wege gegangen.« Seufzend zwirbelte sie ihren Lamaschnurrbart um ihren Finger. »Sie sind nun alle längst dahin. Nur noch Namen auf einem Grabstein oder ein Häufchen Knochen am Meeresgrund. Das ist das Schlimmste daran, verstehst du? Mit ansehen zu müssen, wie alle um einen herum alt werden und sterben. Nur du selbst bleibst allein zurück.«

»Das normale Leben muss aber ganz schön langweilig sein«, sagte ich, »wenn man mal Pirat war. Was hast du dann gemacht?«

»Oh, alles und nichts«, sagte Jack und gähnte. »Ich habe Berge bestiegen, nach Perlen getaucht, Wüsten und Eiskaps durchquert. Ich beherrsche siebzehn Sprachen, spiele dreiundzwanzig Instrumente und kann das längste Gedicht der Welt vorwärts und rückwärts aufsagen. Ich kann altägyptische Hieroglyphen entziffern oder mit verbundenen Augen auf einem Hochseil balancieren und dabei mit einem Dutzend

Eiern jonglieren. Ich hatte ja Zeit genug, das alles zu lernen. Aber ich kann nicht in alle Ewigkeit so weitermachen.« Jack stand auf und verstreute dabei einen Haufen Erdnussschalen. »Jeder hat ein Recht auf einen Anfang und ein Ende. Pokiss und meine Mutter haben mir mein Ende gestohlen. Ich bin hier, um es mir zurückzuerobern. Ich will meinen Finger.«

Ich versuchte mir vorzustellen, wie es wäre, ewig zu leben. »Aber was ist mit all den Dingen, vor denen du dich nicht fürchten musst?«, sagte ich. »Flugzeugabstürze und Giftspinnen und tödliche Krankheiten und Asteroiden, die auf dich fallen ...«

»Oh, es gibt andere Dinge, vor denen man sich fürchten muss«, sagte Jack. »Zum Beispiel das Alleinsein ... Aber das wird jetzt anders. Ich bin froh, dass du gekommen bist, Dan. Zu zweit ist die Ewigkeit viel lustiger!«

Es dauerte einen Moment, bis bei mir der Groschen fiel. »Du meinst, sie wollen mir meinen Finger auch wegnehmen?«

»Ein echter Bone muss allzeit am Leben sein oder diese Mauern zerbröckeln, Stein um Stein ...«, zitierte Jack. »Und sie bröckeln bereits. Mein Vater ist tot, nicht wahr?«

Ich nickte, obwohl ich ein flaues Gefühl dabei hatte. Ich wollte Jack nicht sagen, dass ich Onkel Dandelions Skelett gesehen hatte – im Morgenmantel und in Pantoffeln in seinem alten Ohrensessel sitzend.

»Ist schon okay«, versicherte Jack mir. »Ich kannte ihn ja

kaum. Zu meiner Zeit haben Väter sich nie besonders viel um ihre Kinder gekümmert. Aber meine Mutter wird nicht zulassen, dass ihr das Schloss überm Kopf zusammenfällt, wenn sie es irgendwie verhindern kann. Sie lebt schon so lange hier, dass sie buchstäblich damit verwachsen ist. Wenn das Schloss verfällt, verfällt sie mit ihm. Also muss sie dich am Leben halten.«

»Aber das machen sie doch nicht jetzt sofort? Sie warten ab, bis ich älter bin, oder?« Meine Hände waren ganz schwitzig. »Tante Grusilla mag keine Kinder. Wie kann sie dann wollen, dass ich immer elf bleibe?«

»Weil du dann tun musst, was sie dir sagt«, erklärte Jack. »Du hast keine Wahl. Du stehst unter ihrer Fuchtel. Für immer.«

Für immer, das war eine lange Zeit. Ich versuchte es mir vorzustellen. Nie groß werden, nie altern, nie einen Gedanken an die Dinge verschwenden, über die Erwachsene sich immer so aufregen, zum Beispiel Rechnungen und Steuern, kahle Stellen auf dem Kopf, Parkscheine und Premierminister.

Dann dachte ich an Martha und den Wurm, die ganz normal wachsen und bald größer und älter sein würden als ich, und irgendwann richtig alt, bis sie überhaupt nicht mehr da wären. Ich würde ganz allein in einer Welt voller Menschen zurückbleiben, die jetzt noch gar nicht geboren waren.

»Nein«, sagte ich. »Ich behalte lieber meinen Finger.«

»Du musst das nicht sofort entscheiden, Dan. Aber denk wenigstens mal darüber nach«, schlug Jack vor.

Ich starrte sie an. »Heißt das, du *willst*, dass ich mir meinen Finger abhacken lasse?«

Jack zuckte mit den Schultern. »Das hab ich nicht gesagt. Aber andererseits, wie viele Leute bekommen schon die Chance, für immer zu leben? Willst du ernsthaft erwachsen werden? Willst du alt werden und irgendwann sterben? Du musst ja nicht in Daundelyon Hall bleiben. Lass sie deinen Finger nehmen und dann läufst du weg – so wie ich damals. Bist du gar nicht neugierig, wie die Welt in hundert Jahren aussehen wird? Oder in tausend?«

»Aber du tust doch auch alles, um deinen Finger zurückzubekommen«, erinnerte ich sie. »Jeder hat ein Recht auf einen Anfang und ein Ende. Das hast du gesagt. Und jetzt willst du mir mein Ende stehlen, so wie sie dir deines gestohlen haben? Außerdem, was ist mit Martha und dem Wurm? Ich hab versprochen, dass ich mich um sie kümmere.«

»Ja, gut, aber die brauchen dich nicht mehr lange«, sagte Jack. »Sie werden bald erwachsen sein und ihre eigene Familie gründen. Dann werden sie alt und immer älter, bis sie dich eines Tages … gar nicht mehr brauchen. Ich brauche dich mehr als sie«, fügte sie schmollend hinzu. »Immer alle Zeit der Welt zu haben … das wird verdammt langweilig, wenn man ganz allein ist. Wir könnten spannende Abenteuer zusammen erleben, Dan – du und ich.«

Ich wusste nicht, was ich darauf sagen sollte. Mein Kopf fuhr Karussell mit mir. Ich bin nicht gerade der entschlussfreudigste Junge der Welt. Mir fällt es schon schwer genug, mich morgens für Marmelade oder Erdnussbutter auf meinem Toast zu entscheiden. Für immer leben oder nicht, das war mit Sicherheit die schwerwiegendste Entscheidung, die ich je in meinem Leben zu treffen haben würde. »Ich muss darüber nachdenken«, murmelte ich schließlich.

»Aber viel Zeit hast du nicht«, drängte Jack. »Morgen ist Halloween. Wenn irgendwelche Hexereien geplant sind, dann in dieser Nacht. Geh jetzt ins Haus zurück, bevor sie dich vermissen. Und lass dir nicht anmerken, dass du mich getroffen hast. Meine Mutter soll ruhig glauben, dass du der Erbe bist, den sie sich immer gewünscht hat. Ich hole dich heute Abend ab und wir befreien die Gefangenen. Erwarte mich um Mitternacht.«

Auf dem Rückweg musste ich am Gewächshaus vorbei, dessen weißes Gestänge wie der Brustkorb eines bleichen Riesenskeletts schimmerte. Ich wollte eigentlich nicht reingehen. Es war nur wegen der Katze, die laut maunzend an der Glastür kratzte und rauswollte. Als ich die Tür aufstieß, strich sie mir schnurrend um die Beine.

»Ich glaube nicht, dass du hier drin sein darfst«, sagte ich zu ihr. »Wo ist Boy?«

Das einzig Lebendige im Gewächshaus, außer der Katze natürlich, war ein Schmetterling, dessen Flügel gegen das Glas schlugen. Auf einem Tapeziertisch stand eine große Geranie, die ihre Blütenblätter hängen ließ. Sie schimmerten blutrot. Daneben reihten sich mehrere kleine Töpfe mit grünen Pflänzchen aneinander. Boy hatte Ableger genommen und eingepflanzt. Ich hatte mal zugesehen, wie Dad das in seinem Gewächshaus zu Hause gemacht hatte.

»Ist ganz einfach«, hatte er gesagt. »Du schnippelst ein Stück von der großen Pflanze ab und steckst es in etwas Erde – und abrakadabra, wie von Zauberhand schlägt es Wurzeln und du hast eine neue Babypflanze. Stell dir mal vor, man könnte das mit Menschen genauso machen ...«

Es war so still im Gewächshaus, dass ich fast die Pflanzen atmen hören konnte. Die Luft roch nach feuchter Erde und noch nach etwas anderem, das mich ein bisschen an rohes Fleisch erinnerte. Ein Büschel winziger Früchte, ungefähr perlengroß, streifte meine Wange. Ich pflückte eine und aß sie, aber sie war so sauer, dass es mir den Mund zusammenzog. Die scharfe Kante eines Palmwedels schnitt mir in die Wange.

Mit der Katze auf den Fersen wanderte ich tiefer hinein und landete in einem Bambusdickicht. Ich passte auf, dass ich nicht auf die Toten trat. Einige der Grabsteine waren schon so lange dort, dass sie tief in die Erde eingesunken waren, nur die gewölbten Kopfenden ragten noch hervor. Sie sahen aus wie die Zehennägelschnipsel eines Riesen. Andere Steine lehnten schief in der Erde, grün vor Moos oder mit Flechten gesprenkelt, wie verschimmelte Brotscheiben. Die Schriften waren im Lauf der Jahre verwittert.

Der Schmetterling flatterte an mir vorbei, die Katze jagte ihm nach und sprang auf ein Marmorgrab, auf dem ein Mann und eine Frau eingemeißelt waren, die Seite an Seite auf der Grabplatte ruhten. Ihre Augen waren geschlossen, als schliefen sie, und ihre Hände waren ordentlich über der Brust verschränkt. Ich erriet, wer sie waren, noch bevor ich das Moos weggescharrt und die Inschrift an der Seite gelesen hatte:

HIER RUHT
SIR LYON DE BEAUNE
UND MIT IHM SEINE GEMAHLIN LADY CLOTILDA

Schaudernd dachte ich an die vermoderten Knochen, die in dem Grab lagen. Die Katze zuckte mit den Ohren und lauschte auf Geräusche, die ich nicht hören konnte. Als sie vom Grab heruntersprang und durch einen Vorhang aus Efeu verschwand, folgte ich ihr – und fiel fast in ein offenes Grab.

Ich wackelte auf dem Rand herum und griff verzweifelt nach rettenden Ästen, bevor mich das gähnende Loch zu meinen Füßen verschlingen konnte.

Dann starrte ich in das frisch ausgehobene Rechteck hinunter. Das Skelett, das am Boden lag, war in einen schwarzen Frack gehüllt, mit einem Sträußchen halb verwelkter Wiesenblumen in einem der Knopflöcher. Diese Blumen hatte ich gestern erst gesehen, frisch gepflückt für Bessie Fleaspoons Beerdigung. Der zahnlose Schädel grinste mich unter seinem schäbigen, leicht zerknautschten Zylinder an.

Es war Boy.

Wenn man eine Mum hat, die im Museum arbeitet, schnappt man im Lauf seiner Kindheit unweigerlich ein paar Fakten über Skelette auf. Zum Beispiel, dass es lange dauert, bis man eins wird. Viel, viel länger als einen Tag. Was war also mit Boy passiert?

Eine Fliege summte um eine Blume mit fleckigen salamifarbenen Blütenblättern herum. Und wieder roch es so merkwürdig nach rohem Fleisch. War das die Blume? Als ich an den Blättern schnupperte, bewegte sich etwas dicht an meiner Nase. Ich richtete mich auf und wich einen Schritt zurück. Die Fliege war verschwunden. Ein gedämpftes Zzzzz kam vom Ende eines grünen Stängels, dessen muschelförmige Kiefer gerade zugeschnappt hatten. Ich wusste, wie Venusfliegenfallen aussahen, winzig kleine Pflanzen, die in einem Untersetzer leben. Das hatte ich schon mal gesehen. Aber das hier war anders ...

Hinter mir hörte ich ein Rascheln, dann ein Jaulen. Oder nein, ein halbes Jaulen, das mittendrin abgewürgt würde.

Erschrocken wirbelte ich herum. Vor mir schwankte eine wahre Monsterpflanze, deren Ranken sich ringelten wie lauter Schlangen. Die Blätter waren gezackt und mit Löchern gespickt. Das Ding sah wütend aus – und *hungrig* –, als hätte es gerade seine erste richtige Mahlzeit seit Wochen gefangen.

Ein graues Fellbüschel schwebte nach unten und zwischen den fleischigen grünen Lippen lugte ein Schwanz hervor. *Die Wirsinge*, die in der Friedhofserde wuchsen und Würste verschlangen, wenn es sein musste, aber viel lieber frisches Fleisch fraßen ...

Ein ersticktes *Mraaaauuu* riss mich aus meiner Erstarrung.

»Nein!«, schrie ich die Pflanze an. »Lass sie sofort los!«

Ich hechtete nach dem Katzenschwanz und klammerte mich daran. Der Wirsing zerrte in die eine Richtung, ich in die andere. Als die Pflanze sich plötzlich nach hinten aufbäumte, verlor ich den Halt. Ich packte einen Grabstein in der Nähe, um nicht hinzufallen, und plötzlich flog die Katze in einem Schwall aus grünem Schleim über meinen Kopf hinweg. Die Pflanze hatte sie ausgespuckt.

Raus! Bloß raus hier! Die Katze schoss schleimtriefend und in heller Panik zur offenen Tür. Ich drehte mich um und wollte ihr nachrennen. Aber zu spät – plötzlich war ich umzingelt, überall krochen und glitschten sie auf mich zu. Schleimige Verdauungssäfte tropften von ihren Kiefern. Sie sabberten wie Hunde, denen man einen Keks vor die Schnauze hält.

Und der Keks war ich. Das erkannte ich mit einer glasklaren Gewissheit, die mir fast den Magen umdrehte. Die Pflanze hatte die Katze nur losgelassen, weil an mir mehr dran war und ich im Gegensatz zu der Katze keine lästigen Fellknäuel in ihren Eingeweiden hinterlassen würde.

Die Nahrungskette war glatt auf den Kopf gestellt. Ich würde jetzt jeden Moment als Mittagessen enden.

Die Angst schnürte mir die Kehle zu und raubte mir den Atem. Während die Ranken unaufhaltsam auf mich zukrochen, blickte ich mich nach einer Waffe um. Ein Gartenschlauch lag zusammengerollt zu meinen Füßen. Ich griff danach und packte die Düse am einen Ende. Sobald das größte Wirsingmonster nach mir schnappte, löste ich den Trigger und schickte ein Stoßgebet zum Himmel.

Ich hatte Glück. Der Schlauch war angeschlossen und der Wasserhahn aufgedreht. Das Wasser schoss heraus wie ein Laserstrahl, besser als jede Wasserpistole. Zielen. Feuern. Die Pflanze wich zurück, als der Hochdruckstrahl in ihre Blätter fetzte.

»Das magst du nicht, was? Und, was willst du jetzt machen, na?« Ich wurde mutiger. Ich war Sir Lyon de Beaune, der sein Schwert schwang und den Feind in die Flucht schlug. Über meinem Kopf baumelte ein Hängekorb, der überquoll von Blumen. Ich riss ihn aus seiner Halterung, wirbelte ihn an der Kette über meinem Kopf herum, immer und immer wieder, bis überall Erde und Blütenblätter herumflogen. Zahn des Löwen, Pranke des Löwen. Der Wirsing konnte noch so hasserfüllt rascheln, an mich würde er nicht mehr herankommen.

Wirbeln, peitschen, hacken. Ich wich rückwärts zur Tür zurück. Schleimtriefende Kiefer reckten sich nach mir, aber die Pflanzen wurden von ihren Wurzeln im Boden festgehalten. Viel weiter würden sie jetzt nicht mehr kommen. Noch ein paar Schritte, und ich war außerhalb ihrer Reichweite.

»Ihr macht mir keine Angst«, trumpfte ich auf. »Zurück, oder ich verwandle euch alle in Salat!«

Dann stürzte ich.

Ich musste beim Fallen meinen Kopf an der Kante eines Grabsteins angeschlagen haben. Einen Augenblick lang konnte ich nichts anderes tun, als einfach nur daliegen – wie Sir Lyon auf seinem Grab – und in den Regen hinaufstarren, der gegen das Glasdach prasselte. Benommen drehte ich den Kopf zur Seite, um nachzusehen, was mich zum Stolpern gebracht hatte. Ein langer, glitschiger Stängel …

Mit hämmerndem Herzen robbte ich von ihm weg, aber er rührte sich nicht. Die Blätter waren schlaff, stumpf und tot. Mausetot. Der Stängel war mitten durch geschnitten worden. Ich konnte den feuchten Fleck sehen, wo der Saft aus der Wunde gesickert war. Ich dachte an Tante Grusilla und den Dent de Lyon. Schnippe-schnappe …

Dann spürte ich, dass etwas an meinem Bein zerrte. Die anderen Pflanzen hatten mich eingeholt. Fleischige Ranken ringelten sich um meinen Knöchel. Ich hielt die Düse hoch, zielte und … nichts. Das andere Schlauchende war vermutlich bei meinem Sturz aus dem Wasserhahn gerissen worden. Mühsam richtete ich mich auf und versuchte mit dem Hängekorb um mich zu schlagen, aber ein paar andere Ranken wanden sich um die Kette und rissen ihn mir weg. Der Gestank nach verwestem Fleisch schlug mir entgegen und schnürte mir die Kehle zu. Ich hob den Kopf und sah dem Tod ins Auge – dem Tod in Gestalt einer Wirsingattacke. Es waren zwei und sie sabberten vor Vorfreude. Ein dritter, kleinerer knabberte an meinen Beinen. Ich war verratzt.

Ungekocht verspeist zu werden schien in der Familie zu liegen.

Zitternd schloss ich die Augen.

Kapitel Elf

»Tsss!«

Knochige Finger krallten sich in meinen Nacken und zogen mich nach hinten. Die Pflanzen hatten mich an den Füßen und zerrten mich vorwärts. Ich fühlte mich wie ein Knallbonbon. Gleich würde es Päng! machen und ich würde auseinanderplatzen …

»Ssstop! Aufhören!«

Die Pflanzen wichen zurück und meine Füße waren frei. Pokiss riss mich am Kragen hoch.

»Tsss! Dummer Junge!«

Sie schüttelte mich, aber das war mir egal. Ich war nur froh, dass ich mich nicht in einer grünen Schleimpfütze aufgelöst hatte. Pokiss zog mich außer Reichweite der Wirsingmonster und trat mir grob gegen die Knöchel, wenn ich anhielt oder stolperte. Als sie endlich losließ, sackte ich zusammen. Meine Beine fühlten sich wie Gelee an. Knochen-Gelee. In der Tür ragte eine Gestalt auf.

»Nichts beschädigt, hoffe ich?« Tante Grusilla schüttelte die Regentropfen von ihrem Schirm und bespritzte Lambkin damit, der zu ihren Füßen saß und sowieso schon wie eine ertränkte Ratte aussah.

Pokiss schnaubte. »Wilder Junge. Bössse.«

»Ich bin enttäuscht von dir, Dandelion«, ließ Tante Grusilla mich wissen. »Ich kann nicht zulassen, dass du meine Hallowirsis verletzt. Haben deine Eltern dir denn keinen Respekt vor der Natur beigebracht?«

»Ich weiß nicht, was an diesen Monstern *natürlich* sein soll«, sagte ich schaudernd. »Sie haben beinahe die Katze verschlungen und dann wollten sie auch noch mich fressen!«

»Jeder lebende Organismus braucht Nahrung«, belehrte mich Tante Grusilla. »Die Hallowirsinge wurden aus winzigen Trieben aufgezogen. Sie sind sehr kostbar und müssen am Leben erhalten werden – um jeden Preis.«

»Einer von ihnen ist tot«, sagte ich. »Du hast ihn zerschnitten.«

Tante Grusilla ließ ihren Schirm zuschnappen. »Totes Holz«, sagte sie barsch. »Hab ihn nur aus seinem Elend erlöst. Er wird bald ersetzt werden.« Sie schaute auf Boys Geraniensetzlinge und die Gartenschere, die danebenlag. »Können wir es nicht jetzt gleich machen?«, fragte sie.

Pokiss' Spülwasseraugen flackerten. »Zu früh. Morgen. An Halloween.«

Ich stand immer noch unter Schock. »Was machen?«

»Du bist ein Glückspilz«, sagte Tante Grusilla. »Der privilegierteste Junge der Welt. Wir haben ganz besondere Pläne mit dir. Was weißt du über Gartenarbeit, Dandelion? Nicht viel?«

Ich wischte einen Tropfen Wirsingschleim von meinen Jeans ab. »Ich habe Dad manchmal geholfen.«

»Nun, dann weißt du sicher, dass ein guter Gärtner manchmal einen Teil von einer Pflanze abschneiden muss. Zurückstutzen nennt man das. Auf diese Weise bleibt sie gesund und kräftig ...« Tante Grusilla packte meine Hand und drückte sie auf den Tisch, während sie meine Finger knetete, einen nach dem anderen. »Und wenn man seine Ableger sorgfältig auswählt, werden sie Wurzeln schlagen und wachsen.« Sie nahm die Schere hoch und klappte sie auf und zu. »Nur ein Finger, Dandelion. Es gibt Leute, die würden viel mehr opfern für das, was wir dir bieten. Einen Hallowirsing für dich ganz allein.«

»Was? Diese Monster wachsen aus meinen Fingern?« Ohne die Schere aus den Augen zu lassen, versuchte ich meine Hand wegzureißen, aber Tante Grusilla hatte mich fest im Griff.

»Pflanzen können Jahrtausende alt werden, Dandelion. Wenn sie gut gepflegt und gedüngt werden, gibt es keinen Grund, warum sie nicht ewig leben sollten. Und solange dein Hallowirsing wächst und gedeiht, wirst du keinen Tag älter werden.«

»Und was passiert, wenn der Wirsing stirbt?« Aber ich wusste es bereits. Ich hatte es ja selbst gesehen. »Boy ...« Ich holte schaudernd Luft. »Das warst du! Du hast seine Pflanze zerhackt und damit hast du ihn getötet!«

»Es war sein Job, nach den Wirsingen zu sehen«, sagte Tante Grusilla kalt. »Aber er hat den deines Onkels sterben lassen und sich geweigert die anderen richtig zu füttern. Die Leute sollten tun, was man ihnen sagt. So wie du, Dandelion. Du gehorchst mir doch, nicht wahr? Du bist ein guter Junge, hab ich nicht recht?«

Ihr beringter Finger bohrte sich in mein Handgelenk, dass ich vor Schmerz zusammenzuckte.

»Mhmmm«, sagte ich ausweichend. »Aber können wir nicht warten, bis ich älter bin? Ich bin doch erst elf. Ich brauche noch keinen Hallowirsing.«

»Was hat es für einen Zweck, dich doppelt so groß werden zu lassen?«, sagte Tante Grusilla. »Du isst dann nur mehr. Und Daundelyon Hall ist ganz und gar auf dich angewiesen, nachdem dein Onkel nun gestorben ist. Wir können nicht riskieren, dass dir dasselbe zustößt. Du darfst dir den Finger aussuchen«, fügte sie gönnerhaft hinzu. »Welchem willst du Lebwohl sagen?«

Lebwohl sagen? Keinem natürlich! Ich hing an allen zehn, nachdem wir ja schon elf Jahre zusammen waren. »Nein!« Ich riss meine Hand los und ballte die Fäuste. »Das sind meine!«

»Undankbares Kind!« Tante Grusillas Kinne bebten vor Zorn. »Du wirst dich doch nicht vor einem winzig kleinen Schnipp-Schnapp fürchten? Komm schon, Dandelion. Sei ein Mann!«

Aber genau das war es ja. Wenn ich mir meinen Finger abhacken ließ, würde ich nie ein Mann werden. Ich würde immer elf bleiben. Martha würde weiterwachsen und der Wurm auch. Ich stellte mir vor, wie das wäre – beide größer als ich, sodass sie mich herumkommandieren konnten.

Dann fiel mir Jacks Warnung ein. *Lass sie nur glauben, dass du der Erbe bist, den sie sich immer gewünscht hat.*

»Ich fürchte mich nicht.« Es war leichter, überzeugend zu klingen, wenn ich nicht auf die Schere starrte. »Und ich werde mir einen Finger aussuchen. Aber ich muss erst noch darüber nachdenken. Das kann noch eine Weile dauern.«

»Lieber kleiner Dandelion!« Tante Grusilla kniff mich in die Wange. Es kostete mich meine ganze Kraft, den Kopf nicht wegzureißen. »Ich wusste doch, dass du vernünftig bist. Dann lauf jetzt, Junge. Und zur Belohnung macht Pokiss dir ein paar schöne Mäusebrötchen zum Abendessen.«

»Tssss.«

Ich hörte das leise Zischen und spürte die Spülwasseraugen in meinem Rücken, als ich auf dem Absatz kehrtmachte und davonrannte.

Zum Glück waren Pokiss die Mäuse ausgegangen. Tante Grusilla war verärgert und befahl ihr, mehr Käse in den mechanischen Mäusehäcksler zu tun.

»Ich mag Käse«, sagte ich hoffnungsvoll, aber ich bekam Schneckeneier auf Toast, während Tante Grusilla ihr Schlangenfilet mit Schimmelpilzsoße in sich hineinstopfte. Der Toast war knusprig und ich hatte solche Angst um Martha und Caramel, dass ich die kleinen Geleeklumpen, die mir die Kehle hinunterglitschten, kaum wahrnahm. Ich konnte nur hoffen, dass Jack heute Nacht rechtzeitig kommen würde, sonst sah es schlecht für uns aus.

Der Wurm wollte an diesem Abend nicht in seiner Schublade bleiben. Er zappelte darin herum und schleuderte sein Fläschchen auf den Boden, das dann unter mein Bett rollte. Als ich hinuntergriff, um es hervorzuholen, fand ich einen von Marthas Stiften – einen violetten, nach Blaubeeren duftenden. Ich zeichnete kleine Gesichter auf meine Finger und wackelte damit vor dem Wurm herum, um ihn zum Lachen zu bringen.

Smiley-Gesicht, Smiley-Gesicht, Smiley-Gesicht, böse blickender Daumen – dann ein weinendes Gesicht auf dem kleinen Finger. Ich fragte mich, ob es weniger wehtat, einen kleinen Finger abhacken zu lassen als einen großen. Ich wollte lieber nicht darüber nachdenken. Jack, flehte ich stumm, bitte komm bald.

Während ich mit der letzten Windel des Tages kämpfte, wurde mir plötzlich klar, dass ich den Wurm zurücklassen musste, wenn ich mit Jack in die Tunnel hinunterging. Bevor ich die Druckknöpfe an seinem Schlafanzug zumachte, hob ich Marthas violetten Stift auf und zeichnete ein Auge mit Blaubeerenduft auf seinen Bauch, wo Pokiss es nicht sehen konnte. *Beschütze ihn, solange ich weg bin. Pass auf, dass ihm nichts passiert. Bitte.*

Es lohnte sich nicht, meinen Schlafanzug anzuziehen. Ich würde einfach aufbleiben und auf Jack warten. Dem Wurm waren endlich die Augen zugefallen. Ich stand am offenen Fenster, lauschte auf das Trommeln des Regens und fragte mich, wie hoch das Wasser im Verlies wohl gestiegen war. Der Wind fegte herein und besprühte mich mit Regentropfen. Ich fröstelte, mein Bett sah so verlockend warm aus. Also kickte ich meine Schuhe von den Füßen und kletterte hinein. Bloß nicht einschlafen. Aber das würde nicht passieren, weil ich zu viel Angst um Martha hatte. Viel zu viel Angst … Viel zu …

Ich kam erst wieder zu mir, als mich jemand an der Schulter rüttelte. »Aufwachen, kleiner Faulpelz!«

»Jack?« Ich war so schlaftrunken, dass ich kaum die Augen aufbekam. »Ist es schon Mitternacht?«

»Von wegen Mitternacht – es ist fast Morgen, du Schlafmütze.« Das war nicht Jacks Stimme. »Heute ist Halloween! Dein Glückstag!«

Ich war mit einem Schlag hellwach. Tante Grusilla beugte sich über mich, noch im Nachthemd – Größe XXXL-Walross – und mit ihrer Nachthaube. Ohne ihre Mäusefellaugenbrauen, ihre Spinnenbeinwimpern und ihr Käfersaft-Rouge war ihr Gesicht bleich und kahl. Ich kämpfte mich aus meinen Kissen hoch. Martha! Wie lange hatte ich geschlafen? Wo war Jack? Warum war sie nicht gekommen?

»Beeil dich, Dandelion.« Tante Grusilla schälte die Decke von mir ab. Dass ich in meinen Jeans ins Bett gegangen war, fiel ihr gar nicht auf. »Pokiss wartet. Es ist Zeit.«

»Zeit wofür?«, fragte ich, obwohl ich es genau wusste. Meine Nackenhärchen sträubten sich und in meinem Magen krabbelten tausend Spinnen.

»Zieh deine Schuhe an«, befahl Tante Grusilla. »Wir gehen ins Gewächshaus rüber. Pokiss schärft die Schere.«

»Können wir das nicht später machen?«, flehte ich. »Es ist doch noch gar nicht richtig Halloween. Erst um Mitternacht.«

»Unsinn«, sagte Tante Grusilla. »Die Morgendämmerung ist der perfekte Moment für einen Neubeginn – die erste Stunde eines neuen Lebens, eines neuen Hallowirsings.«

Bevor ich in den Flur hinausgezerrt wurde, warf ich noch schnell einen Blick auf den Wurm, der auf dem Bauch schlief, Marthas Iguanodon an seine Wange gepresst. Ich konnte nur hoffen, dass das Auge ihn beschützen würde.

Tante Grusilla schleppte mich die Treppe hinunter. Die Haustür stand auf und draußen ging die Dunkelheit in milchiges Dämmerlicht über. Die Stille hatte etwas Seltsames. Und plötzlich wurde mir bewusst, was es war. Der Regen hatte aufgehört.

Du könntest jetzt einfach weglaufen. Tante Grusilla würde dich nicht erwischen. Du könntest dich im Dunkelwald verstecken. Jack suchen.

Aber ich konnte doch Martha und den Wurm nicht im Stich lassen.

Und Jack? Vergiss es! Wenn es nach Jack ging, würde ich mir einen Finger abhacken lassen, damit sie den Rest der Ewigkeit nicht ganz allein bleiben musste.

Außerdem war es sowieso zu spät. Pokiss stand in der Tür und versperrte mir den Fluchtweg. In einer Hand hielt sie einen kleinen Tontopf, der bis zum Rand mit Erde gefüllt war. In ihrer anderen Hand baumelte etwas Scharfes, Silbriges – die frisch geschliffene Gartenschere. Mir blieb vor Schreck fast das Herz stehen.

Mit vereinten Kräften zerrten Tante Grusilla und Pokiss mich die Treppe hinunter. Die Vordertür stand offen. Ich zitterte, nicht nur wegen der Kälte. Mann, Jack, warum bist du nicht gekommen?

Aber dann kam doch etwas. Gespenstisch schimmernd im grauen Frühlicht trottete es durch das Torhaus – ein weißes Tier mit einem einzigen Horn. Alle erstarrten. Nur Pokiss' scharfes Zischen war zu hören.

»Einhorn«, hauchte Tante Grusilla.

Ein Einhorn, das mir vertraut vorkam. Ich hatte es schon mal gesehen, im Dunkelwald, friedlich grasend unter Jacks Flying Goose. Ich schaute auf das gedrechselte Horn und dachte an das Treibholzstück in Jacks Kajüte, das auf seine Bearbeitung gewartet hatte. Während wir stumm dastanden und gafften, hob das Einhorn seinen Schweif und ließ etwas auf den Boden fallen – einen Haufen von kleinen braunen Äpfeln mit Heuresten darin. Ich schnüffelte. Ein unverkennbarer Geruch hing in der Luft.

»Dung!«, rief Tante Grusilla begeistert. »Schnell, Pokiss, sammle ihn auf. Und lass das Fallgitter runter. Das Einhorn darf nicht entkommen.«

Damit war die Stille dahin. Pokiss rannte zum Torhaus, während Tante Grusilla sich auf das Einhorn stürzte und eine Art Rugby-Gerangel mit ihm aufführte. Am Ende keilte das Tier mit den Hinterbeinen aus und galoppierte von ihr weg.

»Iiiih-aaah! Iiiih-aaah!«

Pokiss, die auf halbem Weg zum Fallgitter war, blieb wie angewurzelt stehen. »Hört ssssich nicht wirklich wie ein Einhorn an ...«

»Woher willst du das wissen?«, keuchte Tante Grusilla und jagte hinter Barnacle her. »Außerdem interessiert es mich nicht, wie dieses Tier sich anhört! Hauptsache, es liefert noch mehr Dung! Steh nicht herum und halte Maulaffen feil, Pokiss, hilf mir, es einzufangen!«

Plötzlich berührte mich etwas an der Schulter. Jack trat aus den Schatten hervor. »Los, schnell«, flüsterte sie. »Wir müssen in die Küche!«

»Ich dachte, du kommst überhaupt nicht mehr«, sagte ich zu ihr, als wir ins Haus zurückschlüpften.

»Pokiss war um Mitternacht immer noch wach und hat irgendwelches Unwesen getrieben«, erklärte Jack. »Da wurde mir klar, dass wir eine Ablenkung brauchen. Und es dauert seine Zeit, ein Horn für ein Einhorn zu schnitzen. Außerdem war Barnacle nicht gerade wild darauf, es zu tragen.«

»Und wenn sie ihn jetzt fangen?«, warf ich ein.

»Ach, das schaffen sie nie«, sagte Jack mit einer wegwerfenden Handbewegung. »Nach all den Jahren als ausgebeuteter Strandesel hat er nicht mehr viel für Menschen übrig. Um ihn musst du keine Angst haben, der kann für sich selber sorgen.«

In der Küche ging Jack zielstrebig zu dem schwarzen Balken mit den bösen kleinen Trollfratzen hinüber. »Na, wo bist du?«, murmelte sie, zog eine Taschenlampe hervor und leuchtete damit den Balken an. »Ah, hier!« Ein Kobold mit vorquellenden Froschaugen streckte ihr die Zunge heraus. »Tut mir leid, Alter«, sagte Jack und quetschte die Zunge nach links. Ein Ächzen ertönte und die Wand geriet in Bewegung. Jack stieg durch den Spalt, ich kletterte hastig hinterher.

Der Lichtkegel der Taschenlampe flackerte über eine enge Treppenflucht. Es gab nur einen Weg. Abwärts. Bis wir unten ankamen, hatte sich die Geheimtür über uns knarzend geschlossen. Die Luft, soweit vorhanden, roch feucht und ein bisschen nach Ratten, die Wände fühlten sich schleimig unter meinen Fingern an. Ich vermied es, hinzufassen, was allerdings schwierig war, denn wenn ich von der einen Wand zurückwich, stieß ich gegen die andere. Meine Füße wurden nass. Wasser schimmerte im Licht der Taschenlampe auf. Jede Menge Wasser. Dann, plötzlich, ein Huschen und Quieken – etwas rannte an mir vorbei in die andere Richtung.

»Pass auf deinen Kopf auf«, warnte Jack mich. »Die Decke wird niedriger. Und bleib dicht hinter mir.«

Das hätte sie mir nicht erst sagen müssen. Bald mussten wir kriechen und meine nasse Jeans klebte mir an den Beinen. Jack hatte die Taschenlampe zwischen ihre Zähne geklemmt wie einen Piratendolch. Der tanzende Schatten, den sie warf, gefiel mir gar nicht. Als Jack plötzlich anhielt, merkte ich es nicht gleich und knallte voll in ihre Kehrseite.

»Mmmmmpf. 'tschuldigung.«

»Psst!« Jack hatte die Taschenlampe aus dem Mund genommen. »Hör mal!«

Ich lauschte und hörte etwas krabbeln. Ratten machten mir im Prinzip nichts aus, obwohl es mir lieber war, wenn sie in einem dunklen Gang nicht über meine Hand liefen. Doch dann nieste jemand – laut und unverkennbar.

»Caramel!«

»Dan! Bist du das?«

Ich brauchte nicht lange, um zu ihr zu kommen, oder vielmehr zu dem Schutthaufen, der sich in dem Gang zwischen uns auftürmte.

»Die Decke ist eingestürzt«, brummte Jack und schwenkte die Taschenlampe darüber. »Wir müssen das wegschaffen.«

Der Tunnel hatte sich gerade genug geweitet, dass ich neben Jack hinaufrobben konnte. »Caramel? Wir kommen und retten euch! Wie seid ihr denn rausgekommen?«

»Das Wasser ist bis zu unserem Sims gestiegen.« Caramels

Stimme drang gedämpft durch den Schutthaufen. »Wir mussten schwimmen. Martha war bald komplett erschöpft von ihrem Froschpaddeln und hing schlapp an der Wand, da hat sie einen Spalt entdeckt, der in diesen Tunnel führt, aber dann ging es nicht weiter.« Caramel hielt inne, um wieder zu niesen – eine richtige Explosion –, und wir hörten den Schutt rattern. »Hab schon 'ne Menge weggeschafft«, fügte sie hoffnungsvoll hinzu. »Wenn ihr von der anderen Seite aus mithelft, sind wir bald durch.«

»Wo ist Martha?«, fragte ich.

»Sie sucht einen anderen Ausgang.« Caramels Stimme klang besorgt. »Der Tunnel zweigt hinter mir in einen anderen Gang ab. Sie hat versprochen, dass sie nicht lange wegbleibt, aber ... Dan, Martha ist seit einer Ewigkeit verschwunden.«

Mir wurden die Knie weich bei der Vorstellung, dass Martha sich irgendwo in diesem dunklen Tunnel-Labyrinth verirrt hatte. Ich dachte an reißende Wasserfluten, gebrochene Knöchel, einstürzende Decken und rotäugige Ratten, so groß wie Katzen. »Warum hast du sie auch allein fortgelassen?«

Ich hörte Caramel seufzen. »Das wirst du gleich verstehen«, antwortete sie traurig, »wenn du siehst, wo sie hin ist.«

Auf die Ellbogen gestützt, zerrten Jack und ich die Backsteintrümmer weg, Stück für Stück, bis unsere Finger bluteten. Das dauerte viel zu lange. Ich versuchte nicht an die Erdmassen über mir zu denken und an das kalte Wassergerinnsel, das an mir vorbeitröpfelte. *Adonisjungfer, Baumweißling, Chinesischer Schwalbenschwanz.* Insekten wirken immer beruhigend auf mich. *Distelbock. Edelscharrkäfer. Falkenlibelle …*

Dann schrie ich, als etwas an meinem Rücken hinauf- und über meine Schulter huschte. Jack leuchtete mit der Taschenlampe auf ein fliehendes Hinterteil mit einem langen, kahlen Schwanz, bevor das Tier im Schutt verschwand. Eine Sekunde später stieß Caramel auf der anderen Seite ein ähnliches Quieken aus.

»Wenn Mr Ratte durchkommt«, verkündete Jack, »dann schaffen wir das auch.«

Und sie hatte recht. Es dauerte nicht mehr lange, bis Caramels weißes Gesicht auftauchte, mit Schuttstaub verschmiert, das nasse Haar an den Kopf geklebt. Sobald der Spalt groß genug war, wand ich mich zu ihr auf die andere Seite durch. Jack reichte mir die Taschenlampe und ich leuchtete die Balken über den Tunnelwänden ab.

»Wo ist Martha hin?«

»Da rein!« Caramel zeigte zu einem niedrigen Backsteinbogen, der wie ein nach unten gebogener Mund aussah und den Eingang zu einem anderen Tunnel markierte.

Ich verzieh ihr sofort, dass sie Martha allein weggelassen hatte. Für meine Schwester war es kein Problem, sich da durchzuzwängen, und ich würde notfalls auch in das Loch passen. Aber Caramel – keine Chance.

»Das kommt davon, wenn man zu viel Schokolade isst«, klagte sie. »Dann passt man nicht mehr durch irgendwelche Löcher, wenn man es am dringendsten braucht. Falls ich je wieder hier rauskomme, esse ich nur noch Salat.«

In dem Gang war nicht Platz genug für Umarmungen, also tätschelte ich Caramels Arm stattdessen. »Bitte nicht«, sagte ich zu ihr. »Außerdem passt hier sowieso kein Erwachsener durch, egal, wie dick oder dünn – nicht mal Jack.« Ich holte tief Luft. »Auf jeden Fall muss einer von uns Martha hinterherkriechen und das werde dann wohl ich sein.«

Ich hoffte insgeheim, dass sie vielleicht einen besseren Plan hatten. Aber Fehlanzeige. Niemand sagte etwas.

»Wenn du dir sicher bist«, meinte Jack schließlich, ohne mir die Chance zu einem Rückzieher zu geben. »Wir können jedenfalls nicht zulassen, dass Caramel hier herumniest wie eine Herde Elefanten, sonst stürzt noch die restliche Decke ein. Ich bringe sie zu dem Venustempel im Irrgarten, dann komme ich zurück und hole dich. Und vergiss nicht deinen Weg zu markieren, ja?« Sie wühlte in ihrer Tasche und reichte mir eine Handvoll Goldmünzen.

»Oh!«, rief Caramel. »Schokolade?«

»Spanische Dublonen«, sagte Jack. »Tut mir leid.«

»Wo führt der hin?«, fragte ich zweifelnd und schaute zum Tunnel.

»Ich weiß nicht«, gab Jack zu. »Vielleicht zum Gewächshaus.«

»Nein!« Ich schlotterte sowieso schon vor Kälte, aber jetzt gefror mir das Blut in den Adern. »Bloß das nicht, Jack, dort sind die Finger! Sie pflanzen sie ein und dann wachsen diese großen, grässlichen Hallowirsing-Monster daraus. Und die ernähren sich von Fleisch – totem oder lebendigem! Sie wollten sogar mich auffressen, aber Pokiss hat mich gerettet. Solange dein Hallowirsing lebt, bleibst du auch am Leben.«

Jack packte mich am Arm und ich sah, wie die vier Finger ihrer anderen Hand sich zur Faust ballten. »Wie viele von diesen Hallowirsingen hast du gesehen? Konntest du sie unterscheiden? Hast du erkannt, welcher meiner ist?«

»Nein, tut mir leid, ich war viel zu sehr damit beschäftigt, mich nicht fressen zu lassen«, sagte ich. »Aber ich glaube, es waren drei. Zwei riesengroße Monster und ein kleineres.« Ich runzelte die Stirn. Grusilla. Pokiss. Lambkin. Aber wo war dann Jacks Hallowirsing?

»Ich verstehe nur nicht«, sagte Jack langsam, »warum sie mich am Leben halten. Ich war mal ihr Versuchskaninchen, okay, aber das ist so lange her. Sie brauchen mich doch nicht mehr. Und meiner Mutter bin ich schnurzegal. Also, warum haben sie meinem Leben noch kein Ende gesetzt?«

»Keine Ahnung ... Ich weiß nur, dass Tante Grusilla Boys Leben ein Ende gesetzt hat«, sagte ich. »Sie hat seinen Hallowirsing abgehackt und Boy ist einfach verschrumpelt. Onkel Dandelions Hallowirsing ist an einem Fleischpudding erstickt. Aber deiner lebt noch, sonst wärst du ja nicht hier.«

Caramel starrte uns von Sekunde zu Sekunde verwirrter an. Dann kam der nächste explosionsartige Niesanfall.

»Höchste Zeit, dass wir sie hier rausbringen«, drängte Jack, als ein paar Steine von der Decke auf uns herunterprasselten. »Die Hallowirsinge können warten.«

Bevor Caramel Jack in den Gang hinaus folgte, steckte sie mir schnell noch etwas zu. Ich spürte, wie es in meiner Hand zerknitterte. Es war einer ihrer kleinen Papiervögel.

»Ein Kranich«, rief Caramel mir zu. »Für ein langes Leben – und jede Menge Glück.«

Ich zwängte mich durch den Spalt unter dem Torbogen und die Dunkelheit verschluckte mich. Jack hatte mir ihre Taschenlampe angeboten, aber ich hatte abgelehnt, weil ich ja das Licht meiner Uhr benutzen konnte. Der Lichtschein war grün und gespenstisch und jetzt bereute ich, dass ich sie nicht genommen hatte. Beim Vorwärtskriechen scheuerte ich mir die Ellbogen auf, die bald ganz wund waren und wehtaten.

Der Gang senkte sich immer weiter ab. Wasser drang von irgendwoher herein und überholte mich – zuerst war es nur ein Tröpfeln, dann wurde ein Bach daraus. Ich schluckte aus Versehen einen Mundvoll. Es schmeckte gar nicht gut, also robbte ich mit erhobenem Kinn weiter.

Dann gabelte sich der Tunnel und ich zögerte. Rechts oder links?

»Martha? Maaaarthaaa!« Mir fielen fast die Ohren ab von meinem eigenen Gebrüll, das dumpf von den Wänden widerhallte.

»Da … a … a … h … a … a … a … a … n! Hi … i … i … l … feeee!«

Ich erstarrte. Martha? Aber es war so schwach, dass ich mir nicht sicher sein konnte, ob ich es wirklich gehört hatte. Durch welche Abzweigung war der Hilferuf gekommen? Rechts? Falsch. Links. Ich komme, Martha, rief ich stumm. Ich dachte daran, wie Caramels Niesen die Wände erschüttert hatte, und wollte keine weitere Steinlawine riskieren. Dann ließ ich eine von Jacks Münzen als Wegmarkierung fallen und konnte nur hoffen, dass das Wasser sie nicht fortspülen würde. Ich kroch weiter, diesmal schneller.

Das Metallgitter über mir bemerkte ich erst, als ich mit dem Kopf dagegenschrammte. Das eine Ende hing lose von der Decke herunter. Und über mir glaubte ich ein Rascheln zu hören.

»Martha?«

Ich quetschte meinen Kopf und meine Schultern durch das Loch und kam in einer kistenartigen Kammer heraus, mit Steinplatten als Wänden und einem Boden aus nackter Erde. Es gab keine Tür und keine Fenster, aber ein grünlicher Lichtschimmer sickerte durch eine Ritze zwischen den Steinplatten herein. Hier und da ragten blasse kleine Knubbel vom Boden auf.

Direkt vor meiner Nase kletterte eine kleine Schnecke, gestreift wie ein Pfefferminz, an der Seite eines Tontopfs hinauf. Sie kam nie oben an, denn plötzlich bewegte sich etwas, Blätter rauschten, gefolgt von einem Knirschen. Die Pflanze in dem Topf war nicht höher als ein Bleistift, ein einziger Stängel mit zwei Blättchen auf jeder Seite. Ein junger Trieb, der Wurzeln schlug … und ich wusste, was da abgeschnitten worden war.

Ich hatte schon mal tote Finger gesehen – vertrocknet und staubig, an den ägyptischen Mumien im Britischen Museum. Aber der hier war genährt und gegossen worden – er war grüner und weniger verschrumpelt. Man konnte noch den Knöchel und den Fingernagel aus der krümeligen braunen Erde hervorschauen sehen.

Mir schoss ein Bild durch den Kopf: Pokiss' Hände, an denen ein zusätzlicher halber Finger fehlte. Sie hatte sich einen Reserve-Hallowirsing eingetopft. Für den Fall, dass mit dem anderen etwas schiefging, Rüsselkäferbefall oder Tante Grusilla, wenn ihr der Geduldsfaden riss. Ganz klar, diese Babypflanze hier war sozusagen Pokiss' Notstromaggregat …

Hinter mir raschelten Blätter.

»Martha?« Wo war sie nur? Ich versuchte mich umzudrehen, steckte aber fest. Etwas Klebriges landete auf meiner Nasenspitze. Ich wischte es mit dem Handrücken weg. Grün. Schleimig. Verdauungssäfte … Mir stockte der Atem vor Horror.

Hastig zog ich mich auf die Knie hoch. Die Decke war zu niedrig, um stehen zu können. Als ich mich ungeschickt umdrehte, prallte ich fast mit einem weiteren Hallowirsing zusammen. Nur war der hier kein Baby, sondern ein Monster: dicker Stamm, mit Blättern, die ganz gelb vom Lichtmangel waren, die untere Hälfte eingerollt wie eine Kobra. Der obere Teil hielt Martha in einer tödlichen Umklammerung. Über dem gummiähnlichen Blatt, das sich auf ihre Nase und ihren Mund presste, konnte ich die Augen meiner Schwester sehen, rund und schreckgeweitet. Ich konnte den Salamiatem des Monsters förmlich riechen, als seine fleischigen Lippen sich kräuselten. Gleich würde es zuschnappen …

Ich suchte verzweifelt nach einer Waffe, irgendetwas, womit ich das Monster angreifen konnte. Zu meinen Füßen blitzte etwas Längliches auf. Ich riss es hoch und ließ es durch die Luft sausen, noch ehe ich begriffen hatte, was es war. Ein Schwert.

Der Zwillingsbruder des Schwerts, das der Robo-Vorfahre in meinem Schlafzimmer in der Hand hielt. Das hier musste der zweite Zahn des Löwen sein, das Schwert, das Sir Lyon de Beaune mit ins Grab gelegt worden war.

Jetzt wusste ich auch, wo ich war. Und was diese komischen Knubbel auf dem Boden zu bedeuten hatten. Das waren die Überreste meiner Vorfahren, die Knochen von Sir Lyon und Lady Clotilda de Beaune …

Das Schwert lag schwer in meiner Hand. *Na los. Schlag zu! Worauf wartest du noch? Hack das Monster in Stücke – schnippe-schnappe –, bevor es Martha zerquetscht und auffrisst.*

Aber das konnte ich nicht. Dieser Hallowirsing gehörte zu einem lebenden Menschen und ich wusste auch, zu wem: Jack. Die Säfte der Pflanze waren ihr Lebensblut.

Ich stand vor einer unmöglichen Entscheidung. Entweder ließ ich zu, dass das Wirsingmonster Martha verschlang – oder ich tötete Jack.

Kapitel Zwölf

Sir Lyon de Beaune hatte in der Schlacht von Hastings mit diesem Schwert in den Händen gegen die Engländer gekämpft. Mein Vorfahre, der große Krieger. Aber wie soll man sich als großer Krieger fühlen, wenn man auf allen vieren am Boden herumkriecht? Und wenn man mit dem Feind, den man töten soll, zugleich einen Freund umbringt? Das war wirklich das Letzte, was ich wollte.

Oder nein, das Letzte, was ich wollte, war, dass meine Schwester starb – mit ansehen zu müssen, wie sie langsam von einer Riesenpflanze verdaut wurde.

Tut mir leid, Jack, tut mir schrecklich leid …

Martha wand sich verzweifelt in der Umklammerung des Hallowirsings. Der Verwesungsgeruch in der Gruft war so stark, dass ich würgen musste. Ein paar Ranken schlängelten sich auf mich zu, wickelten sich um meine Knöchel, reckten sich nach meinem Schwertarm und zogen mich nach hinten. Selbst der Babywirsing schnappte nach mir. Über Marthas Gesicht lief dicker grüner Schleim. Ich konnte es nicht länger aufschieben. Ich hob den Zahn des Löwen, zielte sorgfältig mit der Spitze, und …

Jack, entschuldige, aber wenn es keine andere Möglichkeit gibt …

Doch plötzlich kehrte sich alles um. Unter wildem Blätterrauschen wich der Hallowirsing zurück und seine Schlingen erschlafften.

»Martha!«, drängte ich, aber sie strampelte sich bereits frei und kroch auf mich zu, während sie sich den Schleim aus den Augen wischte. Der Babywirsing kauerte in seinem Topf.

»Ich hab sie doch gar nicht angerührt«, sagte ich. »Was ist los mit ihnen?«

Dann sah ich den Käfer. Nichts Besonderes, ein kleiner brauner Käfer mit einem langen Rüssel, der an meiner Schwertklinge hinaufkrabbelte.

»Also davor können sie sich doch nicht fürchten?«, keuchte Martha.

»Oh, doch, können sie«, sagte ich. »Das ist ein Rüsselkäfer. Rüsselkäfer ernähren sich von Kohl- und Wirsingblättern und legen ihre Eier in die Wurzeln. Irgendwann schlüpfen die Larven und fangen an zu nagen. Und wenn sie genug Wurzeln abgefressen haben, stirbt die Pflanze. Deshalb ist Tante Grusilla so wild auf Einhörner. Einhorn-Dung hält die Hallowrüssel fern.«

Mit hoch erhobenem Schwert stand ich Wache über Martha, während sie sich durch das Gitter fallen ließ. Der Hallowirsing, der sich an die Grabwand drückte, machte keinen Mucks. Als ich meine Beine hinter Martha hinunterließ, sog ich die Luft ein: In dem flackernden grünen Licht grinste mich ein Schädel an. Sir Lyon? Ich legte den Zahn des Löwen daneben.

»Danke dafür«, sagte ich, obwohl uns eigentlich nicht sein Schwert gerettet hatte. Die Leute denken immer, Insekten zählen nicht. Aber das ist ein Irrtum. Auch wenn sie noch so klein sind, können sie Großes bewirken. Und am Ende des Tages ist ein winziger Käfer mächtiger als das schärfste Schwert.

Martha war sehr still auf dem Rückweg durch den Tunnel. Erschreckend still für ihre Verhältnisse.

»Afrikanischer Fledermauskäfer«, sagte ich, als ich es nicht mehr aushalten konnte.

»Blutzikade«, antwortete Martha automatisch.

»C-Falter.«

»Dickfuß-Pochkäfer.«

Wir waren bis *Grüner Zypressenrüssler* gekommen, als wir die Geheimtür zur Küche erreichten.

Kein Jack weit und breit, aber auf der anderen Seite der Wand konnten wir Tante Grusilla hören.

»... ganz und gar nicht zufrieden mit dir, Pokiss. Du hast dieses Einhorn nicht gefangen und den Erben verloren. Ich will, dass er gefunden wird! Oder soll ich dich eigenhändig am Henkersbaum aufknüpfen? An den Füßen?«

»Pygmäe kommt zurück.« Pokiss' Stimme klang beleidigt. »Haben ja immer noch Kleinssstesss. Kleinssstesss riecht«, fügte sie hinzu. »Wer soll es sauber wischen?«

»Du natürlich«, sagte Tante Grusilla. »Geschieht dir ganz recht. Wickle es aus, das grässliche kleine Balg. Wenn es das Einzige ist, was wir noch haben, möchte ich wissen, ob es ein Junge oder ein Mädchen ist. Du weißt doch, woran man das erkennt?«

»Tsss«, zischte Pokiss.

»Dan!«, flüsterte Martha hinter mir. »Sie haben den Wurm.«

Ich machte hastig einen Schritt vorwärts und ... TWÄNG! Ein wilder Schmerzensschrei sprudelte in mir hoch. Ich presste die Lippen zusammen, ballte die Fäuste und versuchte ihn mit aller Macht zu unterdrücken. Ich richtete den verblassenden Lichtschein meiner Uhr nach unten, wo Blut, dunkel und klebrig, zwischen scharfen Stahlzähnen hervorquoll.

»Iiiiih!«, quiekte Martha und rümpfte die Nase.

»Hast du das gehört?«, sagte Tante Grusilla.

»Mäuse«, schnaubte Pokiss. »In den Wänden.«

»Hab ich dir nicht gesagt, du sollst mehr Käse in den mechanischen Mäusehäcksler tun?«, fauchte Tante Grusilla.

Dong! Dong! Dong!

Ich war so benommen von dem Schmerz, dass ich eine Weile brauchte, um zu begreifen, was ich da hörte.

Ding-dong! Ding-dong! Ding-dong!

Überall im Haus schlugen die Uhren. Die letzte war die Großvateruhr in der Eingangshalle, ein wahrer Elefant: DONG-DONG-DONG-DONG!

Jack, dachte ich. Sie musste im Haus herumgeschlichen sein und alle Uhren aufgezogen haben.

»Neeeiiiin!« Tante Grusilla stieß einen markerschütternden Schrei aus. »Das dulde ich nicht!«, brüllte sie. »Nicht in meinem Haus! Sie sollen aufhören! Pokiss, komm mit! Hol den Hammer, schnell!«

Eiliges Fußgetrappel folgte, eine Tür knallte und dann ein Quäken des Wurms. Sie hatten ihn zurückgelassen. Ich leuchtete mit meiner Uhr an den Rändern der Geheimtür herum. Da! Ich hatte gefunden, was ich suchte: ein weiteres böses kleines Trollgesicht. Als ich nach der Zunge griff, glitt die Wand zurück und wir gingen hinaus.

»Armer kleiner Wurm«, sagte Martha und nahm ihn hoch. »Sie haben ihn in einen Sarg gelegt!«

Ich sank in einen Stuhl und versuchte den mechanischen Mäusehäcksler von meinem Fuß abzustemmen. Tante Grusilla und Pokiss würden jeden Moment zurückkommen, aber irgendwie hatte ich alle meine Batterien aufgebraucht. Ich war nass und durchgefroren, meine Augen brannten vom Schlafmangel und meine zerquetschte Zehe pochte so wild, dass ich es in meinem ganzen Körper spüren konnte.

»Hast du das gehört?«, fragte Martha. »Ich meine, dieses Donnergrollen gerade – das war mein Magen. Ich bin am Verhungern. Meinst du, da ist was im Kühlschrank, das man tatsächlich essen kann?«

»Vorsicht«, warnte ich sie. »An deiner Stelle würde ich nichts anrühren, was Pokiss dort aufbewahrt. Da sind wahrscheinlich lauter Fledermaushirne und eingelegte Kröten drin.«

»Nein, überhaupt nicht.« Martha stand vor dem offenen Kühlschrank und starrte fassungslos hinein. »Dan, sie hat Pizza! Und Pastasoße und Joghurt und Trauben und ... und *leckere* Sachen.« Sie öffnete das Tiefkühlfach. »Veggie-Burger. Und Eis. Meinst du, sie merkt es, wenn von ihrer Pizza ein Stück fehlt?«

»Tss. Hinterlistige kleine Pizza-Diebin!«, sagte eine Stimme von der Tür aus.

Der Pizzakarton krachte auf den Boden.

Als Pokiss auf uns zukam, hechtete ich auf meinem unverletzten Fuß vorwärts und grapschte nach dem Trollgesicht.

»Martha, nimm den Wurm! Lauf!«, rief ich, während ich die Zunge des Trolls nach links zwängte. Mit dem Wurm im Arm duckte sich Martha durch die Tür. Ich wollte ihr folgen, aber als ich mein Gewicht auf meinen verletzten Fuß verlagerte, warf mich der Schmerz fast um. Die Welt geriet ins Wanken und verschwamm vor meinen Augen. Ich musste mich am Küchentisch festhalten, um nicht hinzufallen. Zähneknirschend humpelte ich vorwärts, aber zu spät. Die Tür glitt mir vor der Nase zu.

»Dan!« Marthas Schrei drang durch die Wand.

Ich spürte Pokiss' kalte Finger in meinem Nacken. Sie packte mich am Kragen und stieß mich rücklings auf einen Stuhl. »Halloween«, zischte sie mir ins Ohr. »Zeit für dein Happy End, hihi ... *und so lebten sie glücklich und zufrieden bis ans Ende ihrer Tage ...*« In ihrer Hand blitzte etwas auf. Die Schere.

»Nein!« Ich bäumte mich auf, aber Pokiss stieß mich wieder zurück.

»Pokiss' sssauberen Fußboden vollbluten«, zischte sie vorwurfsvoll. »Ihre Pizza stehlen!«

»Ich kaufe dir eine neue!«, flehte ich. »Jede Menge Pizza, und du kannst dir aussuchen, was du willst, wenn du mich gehen lässt. Tante Grusilla wird es nie erfahren. Ihr wollt uns doch gar nicht. Ich mein, ihr hasst Kinder. Lass mich gehen, Pokiss, und dann wirst du uns nie wieder sehen.«

»Tsss. Pokiss kann das nicht.« Es klang fast bedauernd. »Muss immer ein Bone in Daundelyon Hall sein, das hat Pokiss versprochen. Und Pokiss hält ihre Versprechen.« Sie öffnete die Schere. »Schnippe-schnappe ...«

»Eliza Fishblood.« Jack erschien in der Tür.

In Pokiss' Spülwasseraugen blitzte etwas auf. »Pokiss!«, zischte sie. »Nicht Eliza. Schon lange nicht mehr.«

»Du erinnerst dich also noch?«, sagte Jack. »Eliza wollte niemandem etwas Böses. Sie kannte sich mit Kräutern aus, braute ihre Salben und Tinkturen, um den Kranken zu helfen ...«

Pokiss' Finger krümmten sich zu Krallen. »*Hexe* haben sie zu Eliza gesagt! Hexe! Hexe!«

»Und dann haben sie Eliza weggebracht, nicht wahr?« Jacks Stimme war leise und ruhig. »Sie haben ihr schreckliche Dinge angetan.«

Pokiss zitterte. »Mit ihren Zangen und Daumenschrauben und Hämmern. Quetscht die Hexe! Streckt die Hexe! Zermalmt die Hexe! Hängt die Hexe!«

»Aber Eliza wurde nicht gehängt«, sagte Jack. »Sie hat einen Handel abgeschlossen, um ihr Leben zu retten. Sie musste meiner Mutter versprechen, dass sie für immer die Herrin von Daundelyon Hall bleiben würde. Und um ihr Versprechen zu halten, wurde Eliza zu der Hexe, die sie in den Augen der Leute schon immer war. Sie wurde zu ...«

»... Pokisss.«

»Aber Eliza ist nicht fort. Sie ist noch da. Und Eliza kann keiner Fliege etwas zuleide tun.« Jack stieß ihren Hut zurück und heftete ihr Auge auf Pokiss. »Eliza«, sagte sie, »würde den Jungen gehen lassen.«

Ich hielt den Atem an. Die Stille dehnte und dehnte sich ...

Bis Martha an die Wand hämmerte. »Dan? Dan? Bist du okay? Ich krieg die Tür nicht auf!«

Ich hörte den Wurm wimmern. Er klang genauso panisch wie Martha. Pokiss' Griff um mein Handgelenk hatte sich gelockert. Ich riss meine Hand los und humpelte zu dem Balken hinüber, dann griff ich nach der Zunge des Trollgesichts. Die Tür knarzte auf und Martha stolperte herein.

Pokiss hatte sich nicht gerührt. Ich hörte das leise Zischen ihres Atems, wie von einem angepiksten Fußball. »Pokiss wusste, dass du zurückkommst.« Sie sah Jack an. »Bist wie eine Motte in der Nacht davongeflattert, aber Pokiss wusste, dass dein Hallowirsing dich am Ende zurückbringt. Deine Mutter wollte ihn loswerden, tot sollte er sein. Schaff ihn weg, hat sie gesagt, schnippe-schnappe.« Pokiss zögerte, in ihren Augen lag noch immer das seltsame, silberne Flackern. »Pokiss hat ihn behalten und an einem geheimen Ort versteckt.«

»In der Gruft von Sir Lyon«, sagte ich. »Ich bin ihm gerade begegnet. Er wollte Martha fressen.«

Jack runzelte die Stirn. »Aber … warum?«

Pokiss wischte sich die Nase an ihrem Pyjamaärmel ab. »Es ist deiner«, sagte sie. »Und es ist nicht an Pokissss, wasss zu tun. Dein Hallowirsing, deine Entscheidung … sss.«

Ein wütendes Brüllen, wie von einem gereizten Bullen, ließ uns alle zusammenfahren. »POKISS!« Tante Grusilla natürlich.

»Pokiss, wo bist du? Mein Haar! Mein Haar TICKT!« Sie platzte zur Küchentür herein, immer noch im Nachthemd und in ihrer Nachthaube. Lambkin folgte ihr auf dem Fuß. Sie wiegte etwas in ihren Armen – etwas mit einem wippenden Papageien-Federnbusch. Ich brauchte einen Augenblick, um zu begreifen, was es war.

»So eine Betrügerin!«, rief Martha. »Die ganze Zeit tätschelt und fummelt sie an ihrer Frisur herum und tut sogar Fische rein – und dabei ist es nur eine blöde alte Perücke!«

Tante Grusilla beachtete sie nicht, sondern hielt den bleichen Haarturm Pokiss hin. »Mach, dass es aufhört!«

Jetzt hörten wir es auch. Die Uhr tickte überlaut und zeigte nicht mehr fünf nach eins an.

»Tja, Pech für dich, Mutter«, sagte Jack. »Nicht mal du kannst die Zeit für immer anhalten.«

Tante Grusilla wirbelte herum. »Du! Wieso bist du noch am Leben?«, fauchte sie.

Im selben Moment schoss Der Schnabel wie ein blau-goldener Blitz herein und kreiste in der Küche herum, ehe er auf einem Balken landete. Er legte den Kopf schief und seine leuchtend gelben Augen waren auf Pokiss gerichtet.

»Die Papageienfedern!« Ich wusste sofort, was er anstarrte. Der Schnabel hatte seine ermordete Freundin nicht vergessen und er war auf Rache aus. »Pokiss, wirf die Perücke weg!«, rief ich.

Aber es war zu spät. Mit aufgerissenem Schnabel und ausgestreckten Krallen schoss der Vogel herunter. »Pretty Polly!«, kreischte er. »Gefüllt! Stufado! Porca, Punschkrapfen, Pasta Puttanesca!«

Pokiss ließ die Perücke fallen und ergriff die Flucht.

Lambkin schoss unter dem Küchentisch hervor und stürzte sich darauf. Knurrend warf er seinen Kopf hin und her und zerfetzte den Haarberg. Als Tante Grusilla ihn anbrüllte und mit dem Fuß nach ihm trat, läutete eine Glocke und ein gewaltiges Klopfen ließ die Eingangstür in den Angeln erbeben.

Tante Grusilla schnappte die Perücke, knallte sie wieder auf ihren Kopf und segelte aus der Küche. Wir drängten hinter ihr her. Ein großer Transporter parkte draußen.

NICKETT & FLOGGIT

stand in großen Buchstaben auf beiden Seiten.

WAS IMMER SIE WOLLEN – WIR HABEN ES
GÜNSTIG ZUM HALBEN PREIS

Der Fahrer trug Jeans und ein kariertes Hemd und hatte sich einen Bleistift hinters Ohr geklemmt. Er stieg aus dem Transporter und hielt uns ein Klemmbrett hin. »Sonderlieferung für Bone, Daundelyon Hall.«

»Ja!«, rief Tante Grusilla. »Mein Einhorn!«

»Hmm ... oder was auch immer«, brummte der Fahrer. »Unterschreiben Sie einfach hier.«

Es krachte im Heck des Umzugswagens und die Spitze eines Horns bohrte sich durch die Tür.

Martha packte mich am Arm. »Ein Einhorn! Ein echtes!«

»Vielleicht«, sagte ich. Aber an dem Horn stimmte etwas nicht.

»Tobsüchtiges Vieh«, brummte der Transporter-Typ. »Hat die ganze Fahrt auf der Autobahn da hinten rumgepoltert.« Er öffnete die Hecktür und ließ die Rampe herunter, dann sprang er geschickt aus dem Weg.

Wir hielten den Atem an.

Aber nichts rührte sich. Der Mann knallte mit der Faust gegen die Wagenseite. Aus der Dunkelheit im Inneren kam ein Schnauben und das Klirren einer Kette. Dann donnerte etwas Großes, Runzliges und Wütendes die Rampe herunter. Wir wichen einen Schritt zurück. Das Einhorn galoppierte los, so weit die Kette eben reichte. Dann wurde es zurückgerissen, scharrte mit den Hufen und schwang seinen Kopf herum. Das Tier sah ungefähr so freundlich aus – oder so mythisch – wie ein Panzer.

»Also *das* habe ich nicht bestellt«, schnaubte Tante Grusilla. »Halten Sie mich für eine Idiotin? Ich habe ein Einhorn bestellt. Und das hier ist ein Rhinozeros.«

Der Fahrer warf einen Blick auf sein Klemmbrett. »Nein, hier steht ganz klar: Monoceros Rarissimus. Unterschrift bei Lieferung.«

»Ich finde es süß«, sagte Martha. »Kann ich es streicheln?«

»Es ist gestohlen«, sagte ich. »Das ist ein indisches Rhinozeros, das aus einem Wildtierpark entführt wurde. Hab ich im Zug auf der Fahrt hierher in der Zeitung gelesen.«

»Ich weiß nichts darüber«, erklärte der Fahrer, der es sichtlich eilig hatte, von hier wegzukommen. »Ich bin nur für die Lieferungen zuständig.«

»Das muss eine Verwechslung sein.« Tante Grusilla funkelte das Monoceros Rarissimus an. »Wo ist Pokiss?«

»Da!«, sagte Jack und zeigte mit dem Finger auf etwas.

Wir drehten die Köpfe … und erstarrten. Midnight stürmte in vollem Galopp aus dem Stall. Beim Anblick des Monoceros bäumte er sich auf, dann schoss er davon und hielt auf die Zugbrücke zu. Auf seinem Rücken kauerte Pokiss, tief geduckt, und ihr Spinnwebenhaar flatterte unter ihrer Pudelmütze hervor. Zwei Krähen flogen zu beiden Seiten hinter ihr her, wie eine Eskorte von pechschwarzen Kampffliegern.

»Pokiss, wo willst du hin?« Tante Grusilla brodelte vor Wut, wie ein Topf Milch kurz vor dem Überkochen. »Du hast mir ein Versprechen gegeben, schon vergessen? Ich habe dir das Leben gerettet! Und deshalb gehörst du mir. Für immer!«

»Nichts währt ewig«, bemerkte Jack. »Pokiss hat alles gemacht, was du von ihr verlangt hast, und das über mehrere Lebenszeiten hinweg. Jetzt hat sie mal Urlaub verdient. Ich glaube nicht, dass sie zurückkommt.«

Das glaubte ich auch nicht, denn ich hatte gesehen, was Pokiss unter dem Arm trug. Ihr Grimoire und einen Tontopf. Und ich wusste genau, was in diesem Topf wuchs. Ein grüner Finger.

Der Fahrer des Transporters hatte inzwischen das Heck zugeknallt. Bevor er sich auf seinen Sitz schwang, drückte er das andere Ende der Kette Martha in die Hand.

»Jetzt hast du ein Einhorn gefangen, Martha«, sagte ich zu ihr. »Du bist also doch ein tugendhaftes Mädchen.«

»Ich will aber kein tugendhaftes Mädchen sein«, protestierte Martha. »Ich werde eine Hexe.«

»Moment mal!«, bellte Tante Grusilla den Fahrer an. »Was fällt Ihnen ein? Ich lasse mich doch nicht mit diesem hässlichen Vieh abspeisen, wenn ich ausdrücklich ein Einhorn bestellt habe.«

Jack zuckte mit den Schultern. »Einhorn. Monoceros. Wo ist der Unterschied? *Ein* Horn. Im Leben kommt nun mal nicht alles, wie man will. Und außerdem ist es sowieso zu spät.«

Der Schlüssel steckte bereits im Zündschloss. Der Fahrer winkte mit der Hand aus dem Fenster und schoss davon, mitten in die Staubwolke hinein, die Midnights Hufe hinterlassen hatten. Er kam gerade noch unter dem Fallgitter durch. Direkt hinter ihm stürzte es herunter, haarscharf am Heck des Wagens vorbei, dass wir zusammenzuckten.

Das Monoceros, ein Weibchen, hatte definitiv einen schlechten Tag. Sie schleppte Martha hinter sich her und ließ ihre Wut an einer Hecke aus, die wie ein Pfau geformt war. Grunzend zerfetzte sie den Vogel mit ihrem Horn und trampelte ihn platt. Und zum Schluss setzte sie sich vorsichtshalber noch drauf.

»Sie ist sooo süß«, schwärmte Martha. »Ich nenne sie Buttercup. Können wir ihr nicht die grässliche Kette abnehmen? Die scheuert ihren Hals wund und macht sie ganz traurig.«

»Lass sie lieber dran, bis sie sich beruhigt hat«, riet Jack ihr.

Dann nahm sie Martha die Kette aus der Hand und schlang sie um das steinerne Einhorn, das die eine Seite der Eingangstür von Daundelyon Hall bewachte. Als sie die Kette festgezurrt hatte, blickte sie sich stirnrunzelnd um. »Wo ist meine Mutter?«

Während wir alle Buttercup bewundert hatten, war Tante Grusilla klammheimlich verschwunden.

»Das Gewächshaus!« Mir wurde ganz flau im Magen. Ich fing Jacks Blick auf und wusste, dass sie dasselbe dachte.

Die Tür zum Gewächshaus stand offen. Drinnen hantierte Tante Grusilla mit der Schere. Blatt für Blatt, Stängel für Stängel, Ranke für Ranke zerschnitt sie einen der Hallowirsinge in kleine Stücke.

»So, das ist ihr Ende!«, krähte sie, als sie unsere geschockten Gesichter sah. »Hokuspokus, und aus ist's mit Pokiss!« Sie fuchtelte mit der Schere in der Luft herum und die beiden anderen Wirsingmonster rechts und links von ihr schreckten zitternd zurück. Tante Grusilla zeigte mit den schnappenden Scherenklingen auf Jack. »Du dürftest gar nicht hier sein – und bist es auch bald nicht mehr. Dein Todestag ist längst passé, Fräuleinchen! Pokiss und ihre hinterhältigen Lügen. Sie hätte dich längst erledigen sollen, aber besser spät als nie. Und ich weiß, wo dein Hallowirsing sich versteckt ...«

Mein Herz setzte einen Schlag lang aus, als ich sah, dass der

Schlussstein von Sir Lyons und Lady Clotildas Grab beiseitegeschoben war. Pokiss war gerade hier gewesen, um ihren Finger zu holen. Sie musste die Gruft offen gelassen haben.

Tante Grusilla hielt einen Wurststrang hoch, die Schere in ihrer anderen Hand. Die Wirsingmonster sabberten gierig bei dem Anblick, wanden und ringelten sich und schnappten mit den Mäulern. Tante Grusilla pikste sie mit der Schere und sie wichen zurück. Lambkin war hinter einem Grabstein hervorgekrochen und bettelte, auf die Hinterbeine aufgerichtet. Tante Grusilla kickte ihn weg.

»Komm raus, mein kleines Mauerblümchen! Komm nur … komm da raus, wo immer du dich versteckt hältst«, lockte sie und ließ die Würste vor dem offenen Grab baumeln.

Keine Reaktion.

»Oh, so leckere, pralle, saftige Würstchen«, säuselte Tante Grusilla und streichelte die glatte rosa Wursthaut. »Und alle nur für …«

Langsam schlängelten sich ein paar grüne Ranken hervor. Sie schwankten witternd herum, dann krochen sie auf die Würste zu.

»Na komm schon, kleines Wirsingköpfchen«, rief Tante Grusilla. »Komm zu Mutter.«

Jacks Hallowirsing platzte ins Tageslicht, dicke Speichelfäden hingen ihm am Kiefer. Tante Grusilla wich zurück und ließ die Würste knapp außerhalb seiner Reichweite baumeln. Mit der anderen Hand umklammerte sie die Schere.

»Nein!«, sagte ich, als sie den Arm hob. »Bitte nicht!«

Tante Grusilla lachte. »Sag Lebwohl, geliebtes Töchterchen.«

»Mutter, bitte.« Jack stand neben mir, steif und blass. »Lass mir noch ein bisschen Zeit. Einen Tag. Eine Stunde …«

»Ha! Hab ich dir nicht schon genug Zeit gelassen?«, fauchte Tante Grusilla. »Du schuldest mir dreihundert Jahre und jede Menge Komposterde! Wenn du mehr willst, dann gib mir den Jungen. Er ist der Erbe und ich brauche seinen Finger!«

»Nein«, sagte Jack.

»Wie du meinst.« Tante Grusilla klappte die Schere auf.

»Warte.« Ich trat einen Schritt vor. »Du kannst meinen Finger haben. Nimm ihn und lass Jack in Ruhe.«

»Dan, nein!« Martha wollte mich zurückzerren, aber ich schüttelte sie ab.

»Dan, das musst du nicht!«, rief Jack beschwörend.

Ich schüttelte nur den Kopf und ging weiter auf Tante Grusilla und ihre Schere zu. Das Herz hämmerte mir bis zum Hals. Ein Finger. Das war kein so wahnsinnig hoher Preis … Wie viele Leute bekommen schon die Chance, ewig zu leben? Die Welt hatte sich verändert, seit Jack von zu Hause weggelaufen war. Damals gab es noch keinen elektrischen Strom, keine Autos, keine Flugzeuge und keine Computer. Wie würde die Welt erst in dreihundert Jahren aussehen? Voller Roboter und Überschallzüge und fliegender Häuser und einer Menge anderer Errungenschaften, die man sich jetzt noch gar nicht vorstellen konnte. Wollte ich mir das wirklich alles entgehen lassen?

Aber das war mir im Augenblick egal. Ich musste Tante Grusilla aufhalten, nur das zählte. Ich konnte doch nicht zulassen, dass sie Jack umbrachte.

Lambkins wildes Gebell war das erste Alarmzeichen. Dann spürten es alle. Das Gewächshaus vibrierte und der Boden fing an zu beben. Jack schaute über die Schulter, dann stieß sie einen Schrei aus.

»Dan, Martha! Aus dem Weg!«

Buttercup hatte ihre Kette zerrissen. Das lose Ende schleifte hinter ihr her, als sie in vollem Tempo auf das Gewächshaus zugaloppierte. Unaufhaltsam kam sie näher, wie ein Asteroid, der durch das All jagt.

Wir brachten uns schnell in Sicherheit – alle, außer Tante Grusilla. Jacks Hallowirsing war in Sir Lyons Grab zurückgeglitscht. Und Tante Grusilla versuchte ihn wieder herauszuzerren.

»Raus mit dir!«, kreischte sie wutentbrannt. »Du entkommst mir nicht, du große, kriechende Gurke! Ich hole den Unkrautvertilger, dann verschrumpelst du in deinem Loch!«

Trotz allem war ich der Meinung, dass wir sie warnen mussten. »Tante Grusilla – pass auf!«

Aber manche Leute hören einfach nicht.

Wenn eine Rhinozeros-Herde durchgeht, nennt man das *Stampede*. Als Buttercup durch die Tür des Gewächshauses donnerte, verstand ich, warum. Glas klirrte, Terrakotta-Töpfe krachten auf den Boden, Pflanzenstängel flogen herum, Hängekörbe schwangen wild im Kreis, Grabsteine stürzten um. Tante Grusilla stand vornübergebeugt da, die Arme in der Gruft, und stocherte wild mit ihrer Schere herum. Ihr breites Hinterteil versperrte Buttercup den Weg …

Rhinozerosse haben schlechte Augen. Und ihre Bremsen funktionieren auch nicht gut. Mit gesenktem Kopf stürmte Buttercup weiter, sodass sich ihr Horn voll durch Tante Grusillas Röcke bohrte und ihren Haarturm aufspießte. Weil ihr die flatternden Nachthemdfalten vollends die Sicht raubten, warf Buttercup den Kopf hoch und versuchte sich zu befreien. Blindlings stürmte sie weiter, die Perücke auf ihr Horn gespießt, während Tante Grusilla, brüllend und nackt wie ein gepelltes Ei, auf ihrer Nase ritt. Es sah aus, als würde Buttercup voll durch das Glas am anderen Ende krachen, aber plötzlich ging ihr unter Tante Grusillas Gewicht die Puste aus. Wie angewurzelt blieb sie stehen und rieb ihren Kopf an einem Grabstein, in der Hoffnung, auf diese Weise ihren blinden Passagier abschütteln zu können.

Langsam kamen wir aus unserem jeweiligen Versteck hervor. Tante Grusilla war von Buttercup heruntergepurzelt. Sie riss die kläglichen Überreste ihrer Perücke vom Horn des Rhinozeros herunter und setzte sie wieder auf den Kopf. Verletzt war sie offenbar nicht, nur puterrot vor Wut.

»Sie hat Glück, dass es nur die Perücke war«, bemerkte Martha. »Sie könnte jetzt ein Loch in der Mitte haben, wie ein fetter Donut.«

»Ich weiß nicht, ob sie so viel Glück hatte«, sagte ich. »Schau dir mal ihren Hallowirsing an.«

Während Tante Grusilla an Jacks Pflanze gezerrt hatte, war ihr eigener Hallowirsing, von dem Wurstgeruch angelockt, klammheimlich von hinten auf sie zugekrochen. Buttercup war ihm voll über den Stängel getrampelt. Jetzt lag das Wirsingmonster zuckend und zerquetscht am Boden, der ganze Saft strömte aus ihm heraus.

Wir starrten Tante Grusilla an.

»Oh, neeiiiiin!«, kreischte sie und stürzte zu der sterbenden Pflanze. Verzweifelt ließ sie sich auf die Knie fallen und versuchte die zerknickten Stängel gerade zu biegen und die schlaffen Blätter aufzubauschen.

»Nein, nein, mein Knöspchen, meine Blüte, meine Blume, mein kostbares Lebenselixier!« War es nur das Morgenlicht, das durch das Glasdach sickerte – der erste sonnige Tag seit Wochen –, oder nahm Tante Grusillas Haut tatsächlich eine seltsame blassgrüne Färbung an?

»Wir machen dich wieder gesund«, säuselte Tante Grusilla. »Wir füttern dich.« Sie versuchte die Würste in den Rachen der Pflanze zu stopfen, aber der Hallowirsing hatte jeden Appetit verloren und lag nur schlaff da.

Und mit Tante Grusilla stimmte definitiv etwas nicht.

Sie verlor ihre Festigkeit, ihre ganze Gestalt zerfloss irgendwie. Ich musste an schmelzendes Kerzenwachs denken.

»Es ist noch nicht vorüber, meine kostbare Blüte«, gurrte sie.

Aber es *war* vorüber, das konnte jeder sehen. Ein Blätterrascheln und Jacks Hallowirsing kam aus seiner Gruft gekrochen, um sich zu Lambkin zu gesellen. Stängel bebten, Ranken wanden und ringelten sich, bäumten sich zu beiden Seiten von Tante Grusilla auf.

Dann schnappte die Pflanze zu.

Es dauerte nicht lange. Ich weiß es, weil ich die Augen zukniff. Als ich sie wieder öffnete, war alles vorüber. Nichts mehr zu sehen außer ein paar dünnen Haarsträhnen. Niemand sagte etwas.

Außer dem Papagei, der auf dem Kopf eines trauernden Marmorengels hockte und sein Gefieder aufplusterte.

»Che cavolo!«, gackerte er. »Buon appetito! Gericht des Tages – gefüllte Wirsingrouladen und Grusillaröllchen.«

KAPITEL DREIZEHN

Als der Brief vier Tage später kam, führte ich gerade das Monoceros Rarissimus über die Zugbrücke zu seinem Morgenspaziergang. Martha saß auf Buttercups Rücken, auf dem Kopf Boys Zylinder, auf dem wiederum der Papagei thronte.

Der Regen hatte am Buttercup-Tag aufgehört, wie Martha ihn nannte, der Tag, an dem Pokiss und Tante Grusilla getrennte Wege gegangen waren, und die Sonne war endlich herausgekommen. Wir verbrachten unsere Zeit im Wald draußen oder paddelten mit der Biscuit im Burggraben herum. Nachts kuschelten wir uns in die Patchwork-Hängematten auf der Flying Goose oder kampierten an Deck, unter den Sternen.

Als der Postwagen bremste, kam ich humpelnd zum Stehen. Mein Fuß schmerzte immer noch. Jack hatte nur einen Blick auf meine mechanisch gehäckselte Zehe geworfen, dann hatte sie Death aufgezäumt und war mit mir im Sattel vorne ins nächste Krankenhaus geritten. Der Parkplatzwächter stauchte uns zusammen, weil wir Death auf dem Krankenhaus-Parkplatz abstellten. Und dabei hatten wir extra ein Parkticket an seinen Hals gesteckt. Aber als der Wächter das ganze Blut sah, änderte er seine Meinung und holte einen Rollstuhl für mich. Meine Zehenspitze war glatt abrasiert worden. Der Arzt meinte, wenn ich sie mitgebracht hätte und früher gekommen wäre, hätte man sie wieder annähen können. Aber das machte mir nichts. Ich hatte ja noch alle zehn Finger. Eine halbe Zehe konnte ich gut entbehren.

»Was ist?«, sagte Martha, als der Postbote uns anstarrte.

»Master D. Bone? Miss M. Bone? Hier ist ein Brief für euch.«

Ich nahm den Umschlag, den er uns hinhielt. Die Briefmarken waren leuchtend bunt und irgendwie exotisch. Unsere Adresse war mit dicken schwarzen Balken durchgestrichen und durch »Daundelyon Hall, Witches' Cross« ersetzt worden. Aber man konnte noch lesen, was unter den schwarzen Balken stand:

Shakespeare Road 32.

Ich kannte die Handschrift. Einen Augenblick vergaß ich zu atmen.

Als der Postbote rückwärts die Einfahrt hinunterkurvte,

schlitzte ich den Umschlag auf und faltete das dünne blaue Papier auseinander. Auf die Rückseite waren eine Reihe von XXXXXX, also Umarmungen, und ein Käfer hingekritzelt. Mein Herz schlug so wild, dass ich mich an Buttercups Horn festhalten musste.

Ich las den Brief laut vor: »Liebster Dan und liebste Martha, ich hoffe, ihr seid gesund und munter und kümmert euch um den Wurm. Dad und ich hatten eine sehr aufregende Zeit im Regenwald. Wir haben uns mit einem anderen Ehepaar zusammengetan, Mr und Mrs Goode, die schon einmal hier waren und sich uns als Guides anboten. Wir dachten sogar, wir hätten den Großen Rotfleckigen Gehörnten Riesen-Dungkäfer gefunden! Leider war es dann doch nur die kleinere Variante, was natürlich enttäuschend war, aber kurz darauf verirrte sich eine seltene Spinne in unser Zelt und hat euren Vater gebissen. Das hat uns wieder aufgemuntert.

Alles lief bestens, bis die Goodes ihr wahres Gesicht zeigten, und leider kein freundliches. Sie haben uns an einen Baum gefesselt und sich mit unseren gesamten Besitztümern aus dem Staub gemacht. Sogar Dads SpongeBob-Uhr haben sie mitgenommen.«

Ich hielt inne und dachte an den Moment, als ich die Uhr zum letzten Mal gesehen hatte – auf dem Foto, das Mr Stilton uns in der Schule gezeigt hatte. Ich sah die verkrümmten, abgetrennten Hände vor mir, ohne Körper, ohne Gesichter, die bewiesen, zu wem sie in Wahrheit gehörten …

»Lies weiter«, drängte Martha.

»Da saßen wir also, gefesselt mitten im Nirgendwo, zwei geschlagene Tage lang. Wir waren ein winziges bisschen besorgt. Wir hatten gehört, die Einheimischen hier seien Kannibalen, aber die, die uns schließlich gerettet haben, waren reizende Leute. Sie haben uns zu ihrem Stamm gebracht. In der Nacht davor hatten sie ein großes Fest gefeiert und teilten nun die Reste mit uns. Wir konnten nicht genau sagen, was es war. Es nannte sich ›Long Pig‹, also Langschwein, schmeckte aber meiner Meinung nach eher nach Brathähnchen.

Wir haben nie erfahren, was aus Mr und Mrs Goode geworden ist. Und ich fürchte, diesen verflixten G.R.F.G.R.D.K. haben wir immer noch nicht gefunden. Aber egal …«

»Den was?«, fragte Martha.

»Den Großen Rotfleckigen Gehörnten Riesen-Dungkäfer«, sagte ich. »Und unterbrich mich nicht, jetzt kommt der wichtige Teil: Wenn ihr diesen Brief erhaltet, werden wir bereits auf dem Heimweg sein. Ihr drei seid uns wichtiger als alle Käfer der Welt und ich kann es kaum erwarten, euch in meine Arme zu schließen. Gebt dem Wurm ein Küsschen von mir und grüßt mir Caramel. Tausend Küsse von eurer Mum. XXXPS: Dad hat ein paar Zeichnungen von dem G.R.F.G.R.D.K. gemacht.«

»Gorgonzola Guacamole Gugelhupf«, krähte Martha – der Papagei hatte bereits auf sie abgefärbt – und machte einen Luftsprung. »Dan, das war mein Zauber. Er hat gewirkt! Ich hab sie zurückgeholt.«

»Mhmmm«, sagte ich und schaute wieder auf den Brief. »Oder das Ganze war nur eine Verwechslung ...«

Martha hörte nicht hin. »Wir müssen sofort aufbrechen«, drängte sie. »Wenn sie nach Hause kommen und wir sind nicht da, wissen sie doch gar nicht, wo sie uns suchen sollen.« Sie hielt kurz inne. »Kann man ein Rhinozeros im Zug mitnehmen?«

»Buttercup gehört uns nicht«, erinnerte ich sie vorsichtig. »Sie gehört in den Wildtierpark und will wahrscheinlich genauso dringend nach Hause wie du.«

»Ja, das stimmt wohl«, gab Martha seufzend zu. »Ich will echt nach Hause. Aber wahrscheinlich kann ich dann nie wieder auf einem Rhinozeros reiten.«

»Und dann Jack ...«, sagte ich. »Das ist noch schwerer. Lass uns lieber gleich hingehen und es ihr erzählen.« Ich wusste genau, was in Martha vorging. Ich hatte mich die ganze Zeit mit jeder Faser meines Herzens nach zu Hause und nach meinen Eltern gesehnt, sie konnten ja doch nicht ernsthaft tot sein ... Aber jetzt, wo mein Wunsch in Erfüllung ging, konnte ich nur daran denken, was wir hier alles zurücklassen mussten. »Sie wird auf der Flying Goose sein. Komm.«

Wir fanden Jack auf dem Schiff, wo sie das Ruder polierte. Lambkin-Wolfsfang war bei ihr. Er schlief eingerollt auf einem alten Segeltuchfetzen und zuckte im Traum.

»Ich vermisse die alten Zeiten«, gab Jack zu und strich Bienenwachs in die Holzspeichen. »So viel Himmel und Meer, und nichts dazwischen. Manchmal denke ich: noch eine allerletzte Reise ... Aber die Goose ist zu alt, um noch zu fliegen.«

Sie las unseren Brief, faltete ihn zusammen und gab ihn mir zurück. »Dann geht ihr also fort.«

»Komm doch mit uns«, flehte ich. »Bitte. Du kannst bei uns wohnen. Mum und Dad haben sicher nichts dagegen.«

»Und Der Schnabel und Barnacle und Lambkin-Wolfsfang können auch mitkommen«, fügte Martha hinzu. »Du gehörst zu uns, Jack. Wir sind doch eine Familie.«

Jack polierte wieder an ihren Speichen herum. »Wir müssen eine Party feiern«, sagte sie, ohne aufzusehen. »Eine richtig tolle Abschiedsparty.«

»Morgen ist der fünfte November«, sagte ich. »Und das bedeutet ...«

Martha klatschte in die Hände. »Guy-Fawkes-Nacht! Super! Wir machen ein Lagerfeuer!«

Am nächsten Tag wischte Caramel das Heu von ihrem Motorrad ab und donnerte mit Jack auf dem Rücksitz über die

Zugbrücke. Mit prallvollen Satteltaschen und einer Wolke von Smiley-Heliumballons, die am Nummernschild festgebunden waren, kamen sie zurück.

»Schnitzel«, kreischte der Papagei zutiefst verstört und blieb den restlichen Nachmittag auf einem Baum.

»In manchen Teilen der Welt«, verkündete Jack, »werden Tote zum Fest eingeladen. Die Leute wecken sie auf und tanzen mit ihnen. Mir gefällt das.« Nachdenklich schaute sie zum Gewächshaus hinüber, wo Boy endlich in Frieden ruhte, so wie er es sich immer gewünscht hatte. Tante Grusilla, die jetzt nicht mehr viel Raum einnahm, teilte sich ein Grab mit Onkel Dandelion.

»Also ich bin sauer, wenn mich jemand aufweckt«, sagte Martha. »Brauchen wir jetzt echt einen Haufen schlecht gelaunte Tote auf unserer Party?«

»Nein, wir lassen sie schlafen«, erklärte Jack und ich atmete auf. Ich war Sir Lyon und Lady Clotilda schon viel näher gekommen, als mir lieb war. »Sie können ja dazustoßen, wenn sie Lust haben.«

Keine Ahnung, ob in dieser Nacht Geister aus dem Gewächshaus herausschwebten. Wenn ja, hatten sie hoffentlich ihren Spaß. Jack war den ganzen Nachmittag damit beschäftigt gewesen, Särge zu zerhacken. Als die Sonne unterging, türmten wir das Holz zu einem riesigen Stapel in der Mitte des Schlosshofs auf. Wir steckten ihn in Brand und die Flammen flackerten und tanzten, hüpften in den tintenschwarzen Himmel hinauf. Bunte Lichterketten funkelten in Boys Heckenskulpturen, über dem Bogen des Torhauses und entlang den Rändern der Zugbrücke. Der Löwe und das Einhorn, die den Eingang bewachten, trugen Löwenzahngirlanden um ihre Hälse und Martha hatte allen Ritterrüstungen einen Partyhut und einen Luftballon verpasst.

Caramel hatte ein Tuch über Buttercups breiten Rücken drapiert und einen wandelnden Tisch aus ihr gemacht. Die Rhinozeros-Lady trottete herum, wie es ihr passte, und jeder nahm sich Sandwiches und Hände voll Chips, wenn sie vorbeistampfte. In einem Sarg, der mit Eis gefüllt war, standen Krüge voller Limonade und violettem Früchtepunsch bereit.

Als ich die Hand nach einem gebratenen Hähnchenschenkel ausstreckte, warf Buttercup ihren Kopf herum und ihr Horn blitzte und funkelte dabei.

Ich schaute zu Martha, die gerade ein Marshmallow briet. »Kann es sein, dass Buttercup Tante Grusillas Diamanten trägt?«, fragte ich sie.

Martha kicherte. »Sie sieht doch viel hübscher damit aus als Tante Dracula, findest du nicht?«

Lambkin-Wolfsfang war mit einer Perlen-Tiara geschmückt und Martha hatte versucht dem Papagei ein Smaragdarmband über den Kopf zu streifen. Aber Der Schnabel hatte es kreischend mit einem Fuß heruntergerissen und auf den Boden geschleudert.

»Nacho Princessatarta!«, krächzte er entrüstet und schlug wild mit den Flügeln. »Polpettine! Albigondas! Frikadeller! Gehaktballen!«

»Was sagt er?«, fragte Martha und wich zurück.

»Hör auf mit dem Mist«, übersetzte Jack entschuldigend. »Kümmere dich nicht um ihn, Martha. Er hat sehr schlechte Manieren.«

Wir aßen Donuts ohne Hände, spielten »Apfelfischen« und »Kleb der Hexe eine Warze an«.

»Was meint ihr, wie weit Pokiss gekommen ist, bis Tante Dracula ihren Hallowirsing zerhackt hat?«, fragte Martha nachdenklich.

Midnight war irgendwann nach Hause zurückgetrottet, frierend und reiterlos, aber erst, nachdem die grässlichen Ereignisse im Gewächshaus vorüber waren. Wir mussten das Fallgitter an seinen knirschenden, rostigen Ketten hochkurbeln, um ihn hereinzulassen. Alle dachten, dass Pokiss endgültig verschwunden sei und höchstens noch irgendwo ein paar Knochen am Straßenrand verstreut lagen.

Aber ich wusste es besser.

»Sie ist nicht tot«, klärte ich die anderen auf. »Nur vorausschauend. Es gibt Leute, die haben immer einen Ersatzschlüssel oder eine Ersatzbrille parat. Und Pokiss hat sich einen Reserve-Wirsing eingetopft. Ihr fehlten nämlich zwei Finger, falls euch das nicht aufgefallen ist.«

»Was?« Martha runzelte die Stirn. »Aber warum sollte sie sich freiwillig noch einen abschneiden?«

»Weil sie wusste, was passieren würde, wenn meine Mutter die Beherrschung verliert«, vermutete Jack. »Oder vielleicht wegen den Rüsselkäfern …«

Wir hatten die Rüsselkäfer ausgetrickst. Caramel war auf ihrem Motorrad zum nächsten Gartencenter gebraust und mit einer Flasche zurückgekommen, auf der MEGA-OSCHIS stand.

»Mein Onkel Ferdy züchtet Riesenkürbisse«, erklärte sie. »Er düngt sie mit dem Zeug hier und dann werden sie doppelt so groß wie die von allen anderen Leuten. Es geht auch ohne Blut und Knochen.«

»Ich bin froh, dass Pokiss noch lebt«, sagte Jack. »Sie hat eine zweite Chance verdient.«

Ich gab ihr recht, fragte mich aber mit leichtem Schaudern, wer da nun eigentlich entkommen war – samt Krähen, Tontopf und Grimoire. Falls es Eliza war, wünschte ich ihr alles Glück der Welt. Aber wenn Pokiss irgendwo da draußen herumschwirrte … Ich schob den Gedanken schnell beiseite.

Dann wurde es Zeit für das Feuerwerk, das uns sofort von dem Gedanken an verschwundene Hexen ablenkte, guten wie bösen. Bunte Funkenschauer schossen in die Dunkelheit, als Jack die Kracher auf der Zugbrücke zündete. Alle Tiere, einschließlich Buttercup, waren vorsichtshalber im Haus eingesperrt worden, falls das Knallen und Zischen sie nervös machte. Mit einem panischen Rhinozeros ist nicht gut Kirschen essen.

Funkelnde Sterne rieselten über Daundelyon Hall herunter und der Geruch von Schießpulver hing in der Luft.

»Das ist ja fast wie in den alten Zeiten«, seufzte Jack und atmete tief ein. »Pulverdampf, Kanonendonner und Seeschlachten.« Sie legte ihren Kopf zurück und folgte einer Lichtspirale, die in den Nachthimmel hinaufzischte. »Was meint ihr, was dort oben ist? Das Paradies? Oder Aliens? Oder einfach nur ein riesengroßes Nichts?«

Niemand sagte etwas. Wer konnte das schon wissen?

»Ich würde es gern herausfinden«, murmelte Jack. »Noch ein letztes Abenteuer …«

»Ich will nicht, dass es aufhört«, sagte Martha, als die letzte Wunderkerze ihre Funken versprüht hatte. »Ich will, dass diese Nacht für immer und ewig weitergeht.«

»Die Zeit wurde hier lange genug angehalten«, sagte Jack. »Und auf dich wartet deine Zukunft, Martha.«

»Aber ich weiß doch gar nicht, was sie mir bringt«, jammerte

Martha. »Warum kann das nicht wie bei einer Fernsehserie sein? Wo am Schluss immer die nächste Folge angekündigt wird und dann zeigen sie dir die besten Stellen, bevor sie überhaupt passieren.«

»Ja, aber wenn sie dir was Schlimmes zeigen?«, wandte ich ein. »Und du wüsstest nicht, wann es kommt, aber du wartest ständig darauf ...«

Martha schüttelte trotzig den Kopf. »Ich will es trotzdem wissen.«

»Ich habe mal eine Wahrsagerin getroffen«, erzählte Jack. »Ihr Name war Crystal Lil. Das war, nachdem ich mein Auge verloren hatte.«

»Hast du es in einem Kampf verloren?«, fragte Martha neugierig.

»Nein«, sagte Jack. »Es war in einer sternfunkelnden Nacht auf dem südamerikanischen Festland. Ein Pirat namens Dead-Eye Dick setzte mir einen Granatapfel auf den Kopf und wettete mit mir um sein Holzbein, dass er den Apfel mit verbundenen Augen aus zwanzig Schritt Entfernung in zwei Hälften schießen könne. Er hat die Wette verloren und ich mein Auge, aber dafür habe ich ein Holzbein gewonnen. Ich konnte es gut zum Cricket-Spielen an Deck gebrauchen, wenn wir eine Flaute hatten. Also was ich sagen wollte: Crystal Lil meinte, es sei eine Schande, dass ein hübscher Kerl mit einem prächtigen Schnurrbart wie ich nur ein Auge hätte – sie war ein bisschen kurzsichtig, müsst ihr wissen –, und da hat sie mir das hier gegeben.«

Jack fasste unter ihre Augenklappe, dann streckte sie die Hand aus. Auf ihrer Handfläche kullerte etwas herum, das wie eine große Murmel aussah. Der Mond spiegelte sich in der glatten Oberfläche.

Ich hatte gerade einen Schluck Limonade genommen. Jetzt kam sie mir auf dem falschen Weg wieder hoch, zischte mir durch die Nase und brachte mich zum Niesen.

»Keine besonders feinen Manieren, die Augen anderer Leute mit Limonade vollzuspucken«, sagte Jack grinsend und wischte es an ihrem Ärmel ab.

Martha starrte fasziniert darauf. »Aber du kannst doch nicht wirklich damit sehen, oder?«, fragte sie.

»Kommt ganz drauf an«, sagte Jack. »Wenn du dich traust, dann wirf mal einen Blick rein. Hier, fang.«

Wir sprangen entsetzt zurück, aber Martha fing das Auge auf und hielt es in ihrer hohlen Hand.

»Und? Was siehst du?«, fragte Jack.

»Nichts.« Martha klang enttäuscht. »Nur mich. Mein Spiegelbild.«

»Siehst du, damit fängt alles an – mit dir, so wie du bist«, sagte Jack. »Die Zukunft passiert nicht einfach. Du gestaltest sie. Schau genauer hin.«

»Tu ich doch. Mir brennen schon die Augen«, beschwerte sich Martha. »Aber ich seh nur … oh!«

»Was?« Caramel und ich drängten uns um sie. »Was siehst du?«

»Mum!« Martha machte einen kleinen Luftsprung und ließ beinahe das Auge fallen. »Und Dad!«

»Lass mich mal!« Ich streckte die Hand aus, aber sie hielt das Auge von mir weg. »Warte mal. Jetzt sehe ich Caramel. Und wer ist dieser Mann?« Martha runzelte die Stirn. »Hey, das ist doch der aus dem Zug, dieser rothaarige Rauschebart mit dem Tarantel-Tattoo.«

»Oh!« Caramel war knallrot geworden. »Er heißt Keith. Kann sein, dass ich ihm meine Telefonnummer gegeben habe«, gab sie verlegen zu.

»Aber du kennst ihn doch gar nicht!«, rief Martha schockiert und schüttelte das Auge. »Er geht einfach nicht weg«, murrte sie. »Du stehst neben ihm, Caramel, und du trägst einen Schleier und einen Haufen blöde Blumen. Und da ist wieder Mum, mit so einem bescheuerten Hut, und warum hab ich ein Kleid an? Ich hasse Kleider … oh, Mist!« Sie warf Caramel einen strengen Blick zu. »Ich bin deine Brautjungfer!«

Caramel stieß ein komisches, zittriges Quieken aus. »Ich glaube, meine Beine verwandeln sich gerade in Pudding«, hauchte sie und plumpste hart auf die Treppe.

»Die Zukunft ist manchmal schwer verdaulich. Zu viel, zu schnell«, warnte Jack. Sie streckte ihre Hand aus, aber Martha reichte das Auge an mich weiter. »Und was siehst du, Dan?«

Das Auge lag glatt und kalt in meiner Hand. Ich erwartete nicht, etwas anderes darin zu finden als mein eigenes Spiegelbild, aber plötzlich kräuselte sich das Auge wie eine Wasseroberfläche.

»Kannst du sie sehen? Mum und Dad?« Martha schubste mich, wollte auch hineinschauen. Ich schüttelte sie ab, hielt die Murmel hoch, ohne das Bild aus den Augen zu lassen. Ich wagte kaum zu blinzeln, aus Angst, dass das, was ich gesehen hatte, verschwinden könnte.

Aber nein, da waren sie: klein und ganz weit weg – Mum und Dad, wie ich sie in Erinnerung hatte. Obwohl ... noch während ich hinsah, veränderte sich das Bild. Dads Haare wichen von seiner Stirn zurück, Mum wurde grauer und bekam Falten im Gesicht. Vor meinen Augen begannen sie zu schrumpfen und sich zusammenzukrümmen. Seit wann hatte Mum so viele Runzeln und warum ging Dad an einem Stock? Ihre Gesichter schimmerten und lösten sich auf. Jetzt erschien Martha in der Murmel, aber die falsche Martha: älter als ich, mit geschminkten Lippen, dann mit silbernem Haar und Brille. Und wer war diese große, ernste Gestalt – doch nicht etwa der Wurm?

Und ich? Wo war ich? Hektisch drehte ich die Murmel hin

und her. Da. Da war ich und starrte mir aus dem Auge entgegen … derselbe alte Dan wie immer.

Mein Herz machte einen Satz und ich sog scharf die Luft ein.

Ich hatte gesehen, was hinter meinem Spiegelbild war. Etwas, das sich um meine Schultern ringelte, an meinem Ohr nuckelte und dicken Speichel von seinem fleischig-grünen Kiefer tropfen ließ …

Ein Hallowirsing.

Ich wirbelte herum.

»Dan? Was ist los?« Martha starrte mich an. »Du siehst auf einmal so komisch aus.«

Meine Hand zitterte. Das Auge fiel mir herunter und kullerte über den Fußboden. Lambkin-Wolfsfang jagte ihm nach, aber Jack stoppte es mit ihrer Stiefelspitze, hob es auf und steckte es in ihre Tasche.

»Ich hab einen Hallowirsing gesehen, gleich hier, direkt hinter mir …«

»Dummerchen«, sagte Martha sanft. »Die sind im Gewächshaus eingesperrt. Das weißt du doch.«

»Die Zukunft ist okay, solange sie an ihrem Platz bleibt«, bemerkte Jack und warf mir einen Seitenblick mit ihrem einen Auge zu. »Wenn sie zu nahe kommt, wird es gruselig.«

Ich wusste, was sie meinte. Mit ansehen zu müssen, wie Mum und Dad und Martha alt wurden, hatte mir mehr Angst eingejagt, als ein Hallowirsing es je könnte. Aber die Pflanze, die ich gesehen hatte, wollte mich nicht vernichten, das spürte ich deutlich. Und warum auch? Wir gehörten wohl irgendwie zusammen, sie und ich …

Ich schaute auf meine Finger hinunter. Es waren zehn, alle an ihrem Platz. Also hatte ich nichts zu befürchten, außer den üblichen Dingen wie Asteroide, Super-Vulkane, die Sonne, die zum roten Riesen wird … und Nasenhaare und kahle Stellen auf dem Kopf. Oder?

»Und du? Hast du auch mal reingeschaut, Jack?«, fragte Martha. »Es ist doch dein Auge. Was hast du gesehen?«

Jack zuckte die Schultern. »Wenn man zu viel Zukunft hat, funktioniert es nicht so gut. Da verschwimmt alles irgendwie. Aber ich habe mal euch beide da drin gesehen. Vor langer Zeit. Ich glaube, da waren noch nicht mal eure Großeltern geboren.«

Wir starrten sie an. »Und wusstest du, wer wir sind?«, fragte ich.

Jack hob die Schultern. »Als ich noch klein war, also vor dem Hallowirsing, hab ich immer von einem Bruder und einer Schwester geträumt. Und wahrscheinlich wart ihr genau das: meine imaginären Freunde. Hey! Was soll das?« Sie riss sich von Martha los, die sie gezwickt hatte. »Warum kneifst du mich?«

»Ich wollte dir nur beweisen, dass ich nicht imaginär bin«, sagte Martha.

Kapitel Vierzehn

Zum ersten Mal seit dem Buttercup-Tag schliefen wir nachts im Schloss.

In meinem Traum schreckte ich hoch, weil Pokiss plötzlich über mir stand und mit seltsamen silbrigen Augen auf mich herunterstarrte. Ich konnte mich weder rühren noch schreien, wie es im Traum oft der Fall ist. Ich konnte einfach nur daliegen.

Stark wie ein Löwe, scharf von Klauen
ist unser Wahlspruch, auf den wir vertrauen.
Ein echter Bone muss allzeit am Leben sein
oder diese Mauern zerbröckeln, Stein um Stein.

Pokiss' Lippen bewegten sich und die Worte hallten in meinem Kopf wider. Als ich dann richtig aufwachte, war ich schweißgebadet und zitterte am ganzen Körper. Danach schlief ich bei Licht weiter.

Als ich das nächste Mal erwachte, sah ich am Licht, dass es früher Morgen sein musste.

Wir gehen heute nach Hause, dachte ich. Ich stellte mich ans Fenster und schaute über den Burggraben hinaus auf den dunstigen Himmel, der sich langsam hellblau färbte. Plötzlich hörte ich etwas rattern und spähte in den Hof hinunter. Jack war dort unten, mit Lambkin-Wolfsfang auf den Fersen, und rollte einen Schubkarren vor sich her. Einen Schubkarren voller ...

Ich beugte mich weiter aus dem Fenster und meine Augen weiteten sich.

... Hallowirsingen!

Ich zog meine Jeans und ein T-Shirt an, dann lief ich hinunter. Buttercup schlief am Fuß der Treppe. Ich landete beinahe in einem großen Haufen Rhinozeros-Dung. Als ich um ihn herumkurvte, sah ich den Käfer.

Ein großer, rot gefleckter Käfer, der ein Klümpchen Rhinozeroskacke zu einer Kugel zusammenrollte. Ein Mistkäfer. Und zwar kein x-beliebiger Mistkäfer, sondern ein Großer Rotfleckiger Gehörnter Riesen-Dungkäfer. Ich hatte ja die Zeichnungen gesehen und war mir ganz sicher. Unglaublich. Mum und Dad waren diesem Käfer bis in den fernen Regenwald nachgejagt, dabei hätten sie nur die Autobahn nehmen und zum Wildtierpark fahren müssen ...

Jack war bereits am Fluss unten, als ich sie einholte. Sie war damit beschäftigt, die Hallowirsinge auf die Biscuit zu laden. Die Pflanzen wanden und ringelten sich und schnappten aufgeregt nach Fliegen.

»Was machst du da?«, fragte ich.

Jack zog eine Schulter hoch. Ihr Hut war tief in die Stirn gerutscht. »Lebwohl muss man vor dem Frühstück sagen. Oder gar nicht«, brummte sie.

»Aber unser Zug geht doch erst nach dem Mittagessen«, erinnerte ich sie. »Wir sind noch eine Ewigkeit da.«

»Ihr ja«, sagte Jack. »Aber ich nicht.«

»Wo willst du hin?«

»Was weiß ich.« Jack zuckte mit den Schultern. »Das wird sich zeigen, wenn ich da bin. Ein letztes Abenteuer.«

»Aber du hast gesagt, wir beide könnten zusammen Abenteuer erleben«, protestierte ich.

»Du hast Martha, um die du dich kümmern musst«, sagte Jack. »Und den Wurm.«

»Ach, die kommen schon klar«, wehrte ich ab. »Die brauchen mich nicht mehr, wenn Mum und Dad wieder zu Hause sind.«

Jack schüttelte den Kopf. »Doch, natürlich brauchen sie

dich«, sagte sie. »Und du brauchst sie auch. An deiner Stelle würde ich bei ihnen bleiben, bei den Menschen, die du liebst, solange es nur geht. Ein Leben ist viel kürzer, als man glaubt.«

»Und warum nimmst du die da mit?« Ich schaute auf die Wirsingmonster, die ihren Ausflug aus dem Gewächshaus zu genießen schienen. Jacks Pflanze ließ ihre Ranken im Wasser baumeln und plötzlich tauchte sie unter und kam mit einem Fisch in ihrem Maul wieder hoch. »Ich kann mich um sie kümmern, wenn du willst«, bot ich an. Obwohl ich wusste, dass es nicht ganz unproblematisch sein würde, fleischfressende Wirsinge in der Shakespeare Road 32 zu halten. »Ich pass auf, dass ihnen nichts passiert.«

»Ach, na ja ... Am Ende wird ihnen ja doch etwas passieren müssen«, sagte Jack. »Nichts währt ewig. So läuft das nun mal.«

Mein Blick fiel auf ein Päckchen am Boden der Biscuit. Zwischen den Falten der Segeltuchplane, in die es gehüllt war, blitzte etwas Metallisches hervor. Ich beugte mich darüber und zog das Tuch weg. Der Dent de Lyon.

»Du hast doch nichts dagegen, oder?«, sagte Jack. »Du wirst das Schwert nicht brauchen.« Sie schob ihren Hut zurück und lächelte. »Du bist auch ohne stark und scharf genug! In deinem Inneren, da, wo es zählt.«

Ich starrte auf die dicken Stängel der Hallowirsinge. Diese Klinge würde sie zerschneiden wie Butter. Und dann? Ich dachte an Boy und Onkel Dandelion und an Tante Grusillas klägliches Ende. Ein mulmiges Gefühl breitete sich in mir aus. »Jack, was hast du vor?«

»Nichts«, sagte Jack. »Oder noch nicht. Eines Tages vielleicht, wenn die Zeit gekommen ist. Ich will nur sicher sein, dass es in meiner Hand liegt, dass ich die Wahl habe. Deshalb bin ich zurückgekommen.«

»Geh nicht weg«, bettelte ich sie an. »Komm mit uns. Du gehörst doch zu uns.«

Aber Jack schüttelte den Kopf. »Ich gehöre der Vergangenheit«, sagte sie. »Nicht der Zukunft. Es ist besser, die Ordnung der Dinge einzuhalten. Kümmerst du dich um Den Schnabel, wenn ich fort bin? Barnacle ist im Stall, er wird bei den Pferden bleiben wollen.« Der kleine weiße Esel und Death waren unzertrennliche Freunde geworden.

Ich nickte. »Das Mädchen vom Bauernhof kommt nach dem Frühstück und holt sie. Und der Wildtierpark lässt Buttercup abholen. Alle gehen weg«, klagte ich. »Was wird dann aus Daundelyon Hall, wenn das Schloss ganz leer steht? Kein echter Bone mehr. Und auch sonst niemand.«

Aber insgeheim wusste ich, was passieren würde. Oder glaubte es zumindest. Daundelyon Hall würde zerbröckeln, Stein um Stein, und den Rüsselkäfern, Holzwürmern und Totengräberkäfern überlassen bleiben. Das Gewächshaus würde zersplittern und einstürzen und Generationen von toten Bones unter sich begraben, die dann unter dem Schutt ungestört weiterschliefen.

»Das Leben ist wie der Fluss hier«, sagte Jack. »Es kann nicht stillstehen, es muss weitergehen, immer weiter und weiter. Hier, das ist für dich, Dan. Als Erinnerung an mich.«

Im ersten Moment dachte ich, Jack hätte mir eine tote Maus in die Hand gedrückt. Dann erkannte ich, dass es ihr Schnurrbart war.

»Ich wusste doch, dass irgendwas anders an dir ist.« Ich schaute sie an, dann auf das weiche Ding in meiner Hand. »Dein Schnurrbart! Es steht dir. Ich meine, dass du jetzt keinen mehr trägst.«

Jack zuckte die Schultern. »Ich brauche ihn nicht mehr. Behalte ihn, vielleicht hast du noch eines Tages Verwendung dafür. Oder für das hier, na, nimm schon.«

Eine kleine holzgeschnitzte Flying Goose, dieselbe, die ich in Jacks Kajüte gesehen hatte.

»Die Flagge ist anders«, sagte ich. Unter dem grinsenden Totenschädel war nicht mehr nur ein Knochen zu sehen, sondern drei.

Jack nickte. »Du, Martha und der Wurm. Sag ihnen Lebwohl von mir, Dan.«

Jack kletterte an Bord und pfiff nach Lambkin-Wolfsfang,

der schwanzwedelnd hinter ihr hineinhüpfte. Als sie das Paddel hochnahm, wäre ich am liebsten mit reingesprungen. Ich komme mit euch, schrie es in mir. Wartet auf mich … Die Worte brannten mir in der Kehle, aber dann dachte ich an Martha, stellte mir vor, wie sie aufwachen würde und ich nicht mehr da wäre … Und da wusste ich, dass ich es nicht übers Herz bringen würde.

Jack stieß sich vom Ufer ab und hob ihre Hand zu einem letzten, vierfingerigen Lebwohl. Sobald die Strömung sie erfasste, hüpfte die Biscuit fröhlich flussabwärts und wurde immer kleiner und kleiner. Am Ende konnte ich nur noch Jacks Hut sehen, den sie wieder tief in die Stirn gezogen hatte, und die Hallowirsingranken, die sich um sie herumringelten. Dann machte der Fluss eine Biegung um den Dunkelwald und jetzt war gar nichts mehr zu sehen.

Der Zug war nicht voll. Wir hatten einen Tisch ganz für uns allein. Der Papagei schimpfte in seinem Katzenkorb finster vor sich hin, irgendwas von »Teufelsnieren« und »Tod durch Schokolade«. Marthas Dinos mussten diesmal im Koffer bleiben, denn sie hielt einen zweiten Korb auf dem Schoß. Zwei grüne Augen funkelten durch das Korbgeflecht, sie gehörten der grauen Stallkatze.

»Ist das nicht komisch?«, sagte Martha, während wir aus

dem Bahnhof von Witches' Cross rollten. »Als wir hergekommen sind, war alles so schrecklich. Und jetzt ist alles gut. Außer dass Jack fortgegangen ist, natürlich. Jetzt können wir für immer glücklich sein.«

»Für immer ist eine lange Zeit«, sagte ich.

Der Gedanke an ein Immer und Ewig ließ mich nicht mehr los, seit ich an diesem Morgen die Vorhänge in meinem Zimmer aufgezogen und gesehen hatte, was auf meinem Fenstersims stand. Ein kleiner Tontopf, bis zum Rand mit Erde gefüllt. Und in der Mitte etwas Grünes, das gerade erst zu sprießen begann. Ein schmaler Trieb, der aus einer verschrumpelten grünen Bohne hervorbrach.

Nur war es keine Bohne.

Sondern meine Zehenspitze.

Dann war es also doch kein Traum gewesen. Pokiss – oder Eliza – war in der Nacht nach Daundelyon Hall gekommen. Ich hatte jetzt meinen eigenen Hallowirsing.

Wie viele Tage waren vergangen, seit ich nicht mehr älter wurde? Und fühlte ich mich irgendwie anders? Ich konnte es nicht sagen. Und ich wusste auch nicht, was ich dagegen tun sollte. Ich hatte ja noch Zeit, eine Entscheidung zu treffen. Mum beschwert sich immer, dass ich so schnell aus meinen Klamotten herauswachse. Sie wäre bestimmt froh, wenn es langsamer ginge. Und es würde eine Weile dauern, bis ihr auffiele, dass ich ganz zu wachsen aufgehört hatte. Pokiss hatte mir meine Zehenspitze genommen, aber zurückbekommen hatte ich sie von Eliza Fishblood, dem Mädchen aus längst vergangener Zeit, da war ich mir sicher. Denn Eliza wusste genauso gut wie Jack, wichtig ist nur, dass man die Wahl hat.

Ich schaute aus dem Fenster auf die Bäume, Hecken und Felder voller Kühe, die an mir vorbeisausten. Und ich erwog meine Möglichkeiten. Der winzige Trieb in meinem Rucksack war noch ganz zart, noch kaum lebendig.

Ich konnte ihn hegen und pflegen, ihm geben, was er brauchte, ihn vor Rüsselkäfern bewahren – und für immer elf bleiben.

Oder ich konnte ihn missachten, zertrampeln, ihm Unkrautvertilger füttern, ihn sterben lassen – und erwachsen werden.

Die Zukunft lag in meiner Hand. Ich musste nur wählen.

Danksagung

Mit einem großen Dankeschön an das wunderbare (und geduldige!) Team von Chicken House, besonders Rachel L. und Kesia, die mich gerettet haben, wenn ich mich im Dunkelwald verloren habe.

Von Veronica Cossanteli bereits erschienen:
Wilder Wurm entlaufen

Ein *Chicken House*-Buch im Carlsen Verlag

Originaltitel: The Halloweeds
Umschlagbilder: Fotolia
Umschlaggestaltung: Henry's Lodge, Vivien Heinz
Aus dem Englischen von Ilse Rothfuss
Lektorat: Maike Brandhoff
Layout und Herstellung: Derya Yildirim
Gesetzt aus der Dolly
ISBN 978-3-551-52099-9
Printed in Germany

www.chickenhouse.de